dtv

Die junge Amerikanerin Daisy Miller ist mit ihrer Mutter und ihrem Bruder auf Europareise. Als sie auf dem Weg nach Italien am Genfer See einen Zwischenhalt einlegt, verdreht sie ihrem Landsmann Frederick Winterbourne mit ihrem naivem Charme den Kopf. Doch er ist der leidenschaftlichen und abenteuerlustigen Daisy zu reserviert, zu steif, zu »europäisch«. Ganz anders als der lebensfrohe, attraktive Signore Giovanelli in Rom. Offen stellen die beiden ihre Liason zur Schau – ein Skandal! Die amerikanische »high society« in Rom mißbilligt ihr inakzeptables Verhalten, nur Mr. Winterbourne, der ihr dorthin nachgereist ist, zeigt sich nachsichtig. Er gibt sich größte Mühe, Daisy von ihren Dummheiten abzuhalten.

Henry James (1843–1916) wurde in New York geboren und war der Sohn eines wohlhabenden Schriftstellers irischer Abstammung. In Amerika und Europa zum Weltbürger erzogen, schrieb er seit 1864 Kritiken und Kurzgeschichten für verschiedene Zeitschriften. 1876 erschien sein erster Roman, dem viele weitere folgten. Henry James lebte seit 1882 in England, wurde 1915 englischer Staatsbürger und starb 1916 in London. Die Übersetzerin *Britta Mümmler* lebt und arbeitet in München. Sie überträgt die Romane berühmter Autoren wie z. B. Charles Dickens und C. S. Forester.

Henry James

Daisy Miller

Eine Erzählung

Aus dem amerikanischen Englisch
übersetzt und mit Anmerkungen
von Britta Mümmler

dtv

Titel der Originalausgabe:
›Daisy Miller‹
1879

Von Henry James ist bei dtv außerdem lieferbar:
Washington Square (14453)
Portrait einer jungen Dame (14454)
Die Aspern-Schriften (14455)
Das Durchdrehen der Schraube (14456)
Die Gesandten (14593)

Ausführliche Informationen über unsere Autoren und Bücher
www.dtv.de

MIX
Papier aus verantwortungsvollen Quellen
FSC® C019821

Neuübersetzung
2019 dtv Verlagsgesellschaft mbH & Co. KG, München

Umschlaggestaltung: Katharina Netolitzky unter Verwendung des Bildes ›Woman with a Fan‹ (1871) von John Dawson Watson
(bridgemanart.com/Private Collection)
Satz: C.H.Beck.Media.Solutions, Nördlingen
Druck und Bindung: Druckerei C.H.Beck, Nördlingen
Gedruckt auf säurefreiem, chlorfrei gebleichtem Papier
Printed in Germany · ISBN 978-3-423-14653-1

I

In der kleinen Stadt Vevey in der Schweiz gibt es ein besonders komfortables Hotel; aber es gibt dort natürlich viele Hotels, denn der Tourismus ist der Wirtschaftszweig des Ortes, der, wie viele Reisende sich erinnern werden, an einem bemerkenswert blauen See liegt – an einem See, den jeder Tourist einmal gesehen haben sollte. Am Ufer des Sees präsentiert sich eine endlose ansehnliche Reihe von Häusern solcher Art, in jeder Kategorie, vom »Grandhotel« neuesten Stils mit kreideweißer Fassade, unzähligen Balkonen und einem Dutzend flatternden Fahnen auf dem Dach bis hin zur kleinen Schweizer Pension älteren Datums mit rosa oder gelben Hauswänden, die ein Name in deutsch anmutender Schrift ziert, und einer in die Gartenecke gezwängten Sommerlaube. Eins der Hotels in Vevey jedoch ist berühmt, ja geradezu traditionsreich, und unterscheidet sich von vielen seiner benachbarten Emporkömmlinge durch eine Atmosphäre von Luxus und Gediegenheit. Den ganzen Monat Juni über gibt es in dieser Gegend außerordentlich viele amerikanische Reisende; man kann sogar sagen, dass Vevey in dieser Zeit fast schon den Charakter eines amerikanischen Kurortes annimmt. Dann beschwört so mancher Anblick oder Laut ein Bild oder Echo von

Newport und Saratoga herauf. Dann herrscht ein Gewimmel hierhin und dorthin eilender »schicker« junger Mädchen, ein Geraschel von Musselinrüschen, ein Gedröhne von Tanzmusik schon am Vormittag und ein nie abreißendes Geplapper hoher Stimmen. Einen Eindruck von all dem bekommt man in dem ausgezeichneten Speiselokal des »Trois Couronnes«, ja man fühlt sich in Gedanken regelrecht wie ins »Ocean House« oder »Congress Hall« versetzt. Doch das »Trois Couronnes«, das muss hinzugefügt werden, hat noch anderes zu bieten, das sich von diesen Vorstellungen stark unterscheidet: gepflegte deutsche Kellner, die wie Legationssekretäre aussehen; russische Prinzessinnen, die im Garten sitzen; kleine polnische Jungen, die an der Hand ihrer Hauslehrer spazieren gehen; die Aussicht auf die schneebedeckten Gipfel der Dents du Midi und die malerischen Türme von Schloss Chillon.

Ich kann nicht beurteilen, ob es die Ähnlichkeiten oder eher die Unterschiede waren, die den jungen Amerikaner am meisten beschäftigten, der vor zwei oder drei Jahren im Garten des »Trois Couronnes« saß und ziemlich müßig einige der anmutigen Motive betrachtete, die ich soeben erwähnt habe. Es war ein schöner Sommermorgen, und wie auch immer der junge Amerikaner die Dinge betrachtet haben mag, sie müssen ihm bezaubernd erschienen sein. Er war tags zuvor mit dem kleinen Dampfschiff aus Genf gekommen, um seine Tante zu besuchen, die in dem Hotel abgestiegen war – Genf war schon seit Langem sein Wohnsitz. Aber seine Tante hatte Kopfschmerzen – seine Tante hatte fast immer Kopfschmerzen – und lag nun in ihrem abgedunkelten Zimmer da und atmete Kampferdämpfe ein, sodass er nach Belieben umherstreifen konnte. Er war etwa siebenundzwanzig Jahre alt; wenn seine Freunde von ihm sprachen, sagten sie gewöhnlich, dass er in Genf »studiere«. Wenn seine Feinde von ihm sprachen, sagten sie – aber Feinde hatte er im Grunde keine: er war äußerst liebenswürdig und allgemein beliebt. Ich sollte einfach nur erwähnen, dass gewisse Leute, wenn sie von ihm sprachen, betonten, dass er sich nur deshalb schon so lange in Genf aufhalte, weil er einer dort lebenden Dame überaus zugetan sei – einer ausländischen Dame, einer Person, die älter war als er. Nur sehr wenige Amerikaner – eigentlich keiner, glaube ich – hatten diese Dame, über die einige merkwürdige Geschichten kursierten, je gesehen. Doch Winterbourne empfand eine alte Zuneigung zu der kleinen Hauptstadt des Calvinismus; er war dort als Junge in die Schule gekommen und danach sogar, probeweise – das heißt, um die graue alte »Akademie« an dem steilen, steinigen Hang auszuprobieren –, aufs *collège* gegangen; all dies Umstände, die zu einer großen Anzahl Jugendfreundschaften geführt hatten. Er hatte viele davon aufrechterhalten, und sie waren ihm ein Quell großer Zufriedenheit.

Nachdem er an die Tür seiner Tante geklopft und erfahren hatte, dass sie unpässlich war, hatte er einen Spaziergang durch die Stadt gemacht und war danach zum Frühstück wieder hereingekommen. Diese Mahlzeit hatte er inzwischen beendet, aber er genoss noch eine kleine Tasse Kaffee, die ihm von einem der Kellner, die aussahen wie *attachés*, an einem kleinen Tisch im Garten serviert worden war. Schließlich war auch der Kaffee ausgetrunken, und er zündete sich eine Zigarette an. Bald darauf kam ein kleiner Junge den Weg entlang – ein Bengel von neun oder zehn, der auffallend klein war für sein Alter und einen altklugen Ausdruck in seinem blassen Gesicht mit den kleinen ausgeprägten Zügen hatte. Er trug Knickerbocker und rote Strümpfe, die seine armen spindeldünnen Waden erst so richtig betonten, und dazu ein leuchtend rotes Halstuch. In der Hand hielt er einen langen Bergstock, dessen scharfe Spitze er in alles hineinstieß, woran er vorbeikam – Blumenbeete, Gartenbänke, Schleppen von Damenkleidern. Direkt vor Winterbourne blieb er stehen und blickte ihn aus einem Paar strahlender, durchdringender kleiner Augen an.

»Geben Sie mir ein Stück Zucker?«, fragte er mit einer dünnen hohen, harten Stimme – einer Stimme, die unreif klang und dennoch irgendwie nicht mehr jung.

Winterbourne warf einen Blick auf den kleinen Tisch neben sich, auf dem sein Kaffeegeschirr stand, und sah, dass einige Stück Zucker übrig waren. »Ja, du darfst dir eins nehmen«, erwiderte er; »aber zu viel Zucker ist nicht gut für kleine Jungen, glaube ich.«

Dieser kleine Junge trat einen Schritt vor und suchte sich sorgfältig drei der begehrten Überbleibsel aus, von denen zwei in der Tasche seiner Knickerbocker verschwanden und das andere ebenso prompt an einer anderen Stelle. Er stieß seinen Bergstock, wie eine Lanze, in Winterbournes Bank hinein und versuchte, das Zuckerstück mit den Zähnen zu zerbeißen.

»Oh, zum Teufel, ist das harrrt!«, rief er, wobei er Vokale und Konsonanten treffsicher aller Geschmeidigkeit beraubte.

Winterbourne kam sogleich der Gedanke, dass er die Ehre haben könnte, hier einem Landsmann begegnet zu sein. »Pass nur auf, dass deine Zähne nicht kaputtgehen«, sagte er väterlich.

»Ich hab' keine Zähne, die kaputtgehen können. Die sind alle ausgefallen. Ich hab' nur noch sieben. Mutter hat sie gestern Abend gezählt, und gleich danach ist noch einer ausgefallen. Sie hat gesagt, sie ohrfeigt mich, wenn noch mehr ausfallen. Dabei kann ich gar nichts dafür. Es liegt alles an diesem alten Europa. Es liegt am Klima hier, dass sie ausfallen. In Amerika ist keiner ausgefallen. Es liegt an diesen Hotels.«

Winterbourne amüsierte sich köstlich. »Wenn du gleich drei Stück Zucker auf einmal isst, wird deine Mutter dich bestimmt ohrfeigen«, erlaubte er sich zu sagen.

»Dann muss sie mir eben Bonbons geben«, erwiderte sein junger Gesprächspartner. »Ich krieg' hier nirgends Bonbons – amerikanische Bonbons, mein' ich. Amerikanische Bonbons sind die besten Bonbons.«

»Und sind amerikanische kleine Jungen auch die besten kleinen Jungen?«, fragte Winterbourne.

»Weiß ich nicht. Ich *bin* ein amerikanischer Junge«, sagte das Kind.

»Ich sehe schon, du bist einer der besten!«, erwiderte der junge Mann lachend.

»Sind Sie ein amerikanischer Mann?«, fuhr der aufgeweckte Kleine fort. Und auf die bejahende Antwort seines Freundes hin verkündete er sodann voller Überzeugung: »Amerikanische Männer sind die besten.«

Sein Gegenüber dankte ihm für das Kompliment, und das Kind, den Bergstock mittlerweile rittlings zwischen den Beinen, stand einfach da und blickte sich um, während es ein weiteres Stück Zucker in Angriff nahm. Winterbourne fragte sich, ob er in seiner Kindheit genauso gewesen sei, denn er war in etwa demselben Alter nach Europa gebracht worden.

»Da kommt ja meine Schwester!«, rief sein junger Landsmann plötzlich. »Die ist ein amerikanisches Mädchen, jede Wette.«

Winterbourne blickte den Weg entlang und sah eine schöne junge Dame auf sich zukommen. »Amerikanische Mädchen sind die besten Mädchen«, sagte er daraufhin fröhlich zu seinem Gast.

»Meine Schwester nicht!«, erwiderte das Kind prompt. »Die schimpft mich immer nur aus.«

»Das ist vermutlich deine Schuld, und nicht ihre«, sagte Winterbourne. Die junge Dame war inzwischen näher gekommen. Sie war in weißen Musselin gekleidet, der mit unzähligen Rüschen, Falbeln und Schleifen aus pastellfarbenem Band verziert war. Weil sie keinen Hut trug, balancierte sie in der einen Hand einen großen Sonnenschirm mit einem breiten bestickten Rand; und sie war auffallend, ja erstaunlich hübsch. »Wie hübsch sie immer sind!«, dachte unser Freund und setzte sich auf seinem Platz auf, so als wollte er jeden Augenblick aufstehen.

Die junge Dame blieb vor seiner Bank stehen, nicht weit von der niedrigen Gartenmauer entfernt, von der man auf den See hinausblickte. Der kleine Junge hatte seinen Bergstock nun in einen Sprungstab verwandelt, mit dessen Hilfe er im Kies herumhüpfte und dabei nicht wenig davon aufspritzte. »Aber Randolph«, begann sie ganz unbefangen, »was *machst* du denn da?«

»Ich steig' die Alpen rauf!«, rief Randolph. »Genau so macht man das!« Und dabei vollführte er noch einen weiteren übertriebenen Sprung, dass Winterbourne die Kiesel um die Ohren flogen.

»Genau so stürzt man ab«, sagte Winterbourne.

»Er ist ein amerikanischer Mann!«, rief Randolph mit seiner harschen dünnen Stimme aus.

Die junge Dame schenkte diesem Umstand keine Beachtung, sondern sah ihren Bruder direkt an. »Ich glaube, du bist jetzt besser mal still«, sagte sie einfach nur.

Winterbourne hatte den Eindruck, in gewisser Weise vorgestellt worden zu sein, stand auf und ging, seine Zigarette wegwerfend, langsam auf die reizende Erscheinung zu. »Dieser kleine Junge und ich haben Bekanntschaft miteinander geschlossen«, sagte er mit ausgesuchter Höflichkeit. In Genf nämlich durfte ein junger Mann, wie er sehr genau wusste, eine junge unverheiratete Dame nicht einfach von sich aus ansprechen, außer unter bestimmten, selten auftretenden Bedingungen; aber welche Bedingungen konnten hier in Vevey besser sein als diese? – wo so ein hübsches amerikanisches Mädchen des Weges kam und mit der größten Selbstverständlichkeit in einem Garten vor einem stehen blieb. Dieses hübsche amerikanische Mädchen warf Winterbourne auf seine Bemerkung hin, was immer das auch beweisen mochte, einfach nur einen Blick zu; dann wandte sie den Kopf wieder ab und sah über die Gartenmauer hinweg auf den See und die gegenüberliegenden Berge. Er fragte sich, ob er wohl zu weit gegangen sei, kam aber zu dem Schluss, dass er sich lieber weiter galant vorwagen als zurückziehen sollte. Und während er noch nachdachte, was er als Nächstes sagen könnte, wandte die junge Dame sich wieder dem kleinen Jungen zu, mit dem sie ganz so sprach, als wären sie beide allein miteinander. »Ich möchte mal wissen, woher du diesen Stock hast.«

»Den hab' ich gekauft!«, rief Randolph.

»Das soll doch wohl nicht heißen, dass du ihn mit nach Italien nehmen willst!«

»Doch, den nehm' ich mit nach Italien!«, posaunte das Kind heraus.

Sie blickte an ihrem Kleid hinunter und strich das ein oder andere Schleifenband glatt. Dann wandte sie ihre entzückenden Augen wieder dem Bittsteller zu. »Also ich finde, du solltest ihn lieber irgendwo liegen lassen«, sagte sie kurz darauf.

»Sie fahren nach Italien?«, entschloss Winterbourne sich nun sehr respektvoll zu fragen.

Sie warf ihm mit liebenswürdiger Zurückhaltung einen Blick zu. »Ja, Sir«, erwiderte sie dann. Und weiter sagte sie nichts.

»Und denken Sie dabei – äh – an den Simplon?«, fuhr er mit leicht eingebrochenem Selbstvertrauen fort.

»Ich weiß nicht«, sagte sie. »Vermutlich an irgendeinen dieser Berge. Randolph, an welchen Berg denken wir?«

»Denken wir?« – der Junge starrte sie an.

»Na, überqueren wir.«

»Überqueren wohin?«, fragte er.

»Na, direkt hinunter nach Italien« – Winterbourne empfand ein unbestimmtes Bedürfnis des Nacheiferns.

»Weiß ich nicht«, sagte Randolph. »Ich will nicht nach Italien. Ich will nach Amerika.«

»Oh, Italien ist ein schönes Land!«, sagte der junge Mann lachend.

»Kriegt man da denn Bonbons?«, fragte Randolph.

»Hoffentlich nicht«, sagte seine Schwester. »Du hast schon genug Bonbons gehabt, finde ich, und Mutter findet das auch.«

»Ich hab' schon ewig lange keine mehr gekriegt – seit hundert Wochen nicht!«, rief der Junge, der immer noch herumhüpfte.

Die junge Dame prüfte den Sitz ihrer Falbeln und strich noch einmal ihre Schleifenbänder glatt; und Winterbourne wagte nun, eine Bemerkung über die Schönheit der Aussicht zu machen. Seine Zweifel begannen sich zu legen, denn er begriff allmählich, dass sie wirklich nicht im Geringsten verlegen war. Sie mochte kühl, sie mochte abweisend, ja sie mochte sogar zimperlich sein; denn das war es anscheinend – zu diesem verallgemeinernden Schluss war er schon gekommen –, was die meisten »zurückhaltenden« amerikanischen Mädchen machen: Sie kamen des Weges und bauten sich unmittelbar vor einem auf, nur um zu zeigen, wie entschieden unnahbar sie waren. Ihr frischer heller Teint jedoch hatte nicht den leisesten Anflug eines Errötens gezeigt; sie war also weder gekränkt noch aufgeregt. Sie bestand nur – auch so was war ihm zuvor bereits begegnet – aus reizenden kleinen Teilen, die nicht zueinanderpassten und kein *ensemble* bildeten; und wenn sie woanders hinsah, während er mit ihr sprach, und ihm gar nicht richtig zuzuhören schien, so war das einfach ihr übliches Benehmen, ihre Art des Umgangs, weil sie ganz und gar keine Vorstellung von »Form« hatte (wo auf der weiten Welt hätte sie die mit solch einer Plaudertasche wie Randolph als Anhängsel auch bekommen sollen?), die in solch einer Situation angebracht wäre. Während er noch ein wenig weiterplauderte und auf einige Sehenswürdigkeiten in der Umgebung hinwies, die ihr vollkommen unbekannt zu sein schienen, schenkte sie ihm allmählich jedoch immer mehr Aufmerksamkeit; und schließlich merkte er, dass sie nicht mehr den leisesten Anflug von Zurückhaltung zeigte. Doch sie gab sich nicht so, dass man es hätte »kokett« nennen können, denn ihr Gesichtsausdruck war so sittsam rein wie kristallklares Wasser. Ihre Augen waren die hübschesten, die man sich vorstellen konnte, und Winterbourne hatte wirklich schon lange nichts Hübscheres mehr gesehen als all die verschiedenen Merkmale seiner schönen Landsmännin – ihr Teint, ihre Nase, ihre Ohren, ihre Zähne. Er war allgemein sehr interessiert an dieser Materie der Wirkung von Reizen und ganz besessen davon, diese aufzufinden und, gleichsam, zu ergründen; und so stellte er auch im Hinblick auf das Gesicht dieser jungen Dame einige Betrachtungen an. Es war keineswegs geistlos, aber auch nicht betont – was denn, um Himmels willen, sollte sie jemals betonen? – ausdrucksvoll; und obwohl es solch eine Ansammlung feiner Makellosigkeiten darbot, warf er diesem Gesicht insgeheim – sehr nachsichtig – einen Mangel an letztem Schliff vor. Er hielt es für mehr als wahrscheinlich, dass seine Eigentümerin bereits eigene Erfahrungen mit der Wirkung ihrer Reize gemacht und gewiss ein daraus resultierendes Selbstvertrauen gewonnen hatte; doch selbst wenn sie sich hauptsächlich darauf verließ zu ihrem Zeitvertreib, verriet ihr munteres, oberflächliches, süßes kleines Gesicht doch weder Spott noch Ironie. Schon bald wurde deutlich, dass sie, wie immer diese Dinge sich nun auch verhalten mochten, der Konversation gegenüber sehr aufgeschlossen war. Sie erzählte Winterbourne, dass sie den Winter in Rom verbringen würden – sie und ihre Mutter und Randolph. Sie fragte ihn, ob er ein »richtiger Amerikaner« sei; sie hätte ihn nicht für einen gehalten; er wirke eher wie ein Deutscher – diese Blume wurde wie aus einem großen Feld der Vergleiche herausgepflückt überreicht –, vor allem wenn er spreche. Winterbourne erwiderte lachend, dass er zwar schon Deutschen begegnet sei, die wie Amerikaner sprachen, aber, soweit er sich erinnern könne, noch nie einem Amerikaner mit der von ihr erwähnten Eigenart. Dann fragte er sie, ob es für sie nicht bequemer sei, sich auf die Bank zu setzen, von der er soeben aufgestanden war. Sie erwiderte, dass sie gern ein wenig stehe, ließ sich kurz darauf aber dennoch schicksalsergeben auf der Bank nieder. Sie erzählte ihm, dass sie aus dem Staat New York sei – »wenn Sie wissen, wo das ist«; doch dieser Redefluss wurde erst so richtig beschleunigt, als unser Freund ihren quirligen kleinen Bruder einfing und festhielt, damit der ein paar Minuten neben ihm stehen blieb.

»Jetzt sag mir doch mal deinen vollen Namen, mein Junge.« So fuhr er geschickt fort.

Worauf das Kind tatsächlich zum Ausbund ungeschminkter Wahrheit wurde. »Randolph C. Miller. Und ihren sag' ich Ihnen auch.« Wobei er mit seinem Bergstock auf seine Schwester zeigte.

»Du solltest lieber warten, bis man dich fragt!«, sagte diese junge Dame in aller Ruhe.

»Ich würde *Ihren* Namen aber natürlich gern wissen«, erlaubte Winterbourne sich zu sagen.

»Sie heißt Daisy Miller!«, rief der Bengel. »Aber das ist gar nicht ihr richtiger Name; das ist nicht der Name, der auf ihren Visitenkarten steht.«

»Wie schade, dass du keine meiner Visitenkarten dabei hast!«, bemerkte Miss Miller genauso gelassen.

»Ihr richtiger Name ist Annie P. Miller«, fuhr der Junge fort.

Das schien ihr, erstaunlicherweise, zu gefallen. »Und jetzt frage ihn nach *seinem*« – und sie zeigte auf ihren gemeinsamen Freund.

Doch dieser Punkt schien Randolph völlig gleichgültig zu sein; er gab stattdessen weiter Auskunft über seine eigene Familie. »Mein Vater heißt Ezra B. Miller. Mein Vater ist nicht in Europa – er ist an einem besseren Ort als Europa.« Einen Augenblick lang glaubte Winterbourne, dass man dem Kind beigebracht hatte, auf diese Weise anzudeuten, dass Mr Miller ins Reich der himmlischen Gerechtigkeit eingegangen war. Doch Randolph fügte sogleich hinzu: »Mein Vater ist in Schenectady. Da hat er eine riesige Firma. Mein Vater ist reich, jede Wette.«

»Also wirklich!«, stieß Miss Miller hervor, senkte ihren Sonnenschirm und betrachtete angelegentlich den bestickten Rand. Winterbourne ließ den Jungen sogleich los, und der lief, den Bergstock auf dem Weg hinter sich herschleifend, davon. »Europa gefällt ihm nicht«, sagte das junge Mädchen wie mit einem natürlichen Instinkt für die allgemeingültige Wahrheit begabt. »Er will zurück.«

»Nach Schenectady, meinen Sie?«

»Ja, er will unbedingt wieder nach Hause. Er hat hier keine Spielkameraden. Einen Jungen gibt es zwar, aber der geht immer nur mit einem Lehrer spazieren. Man lässt ihn nicht spielen.«

»Und Ihr Bruder hat keinen Lehrer?«, fragte Winterbourne.

Da sprudelten mit einem Mal vertrauliche Mitteilungen hervor. »Mutter wollte ihm ja einen besorgen – einen, der mit uns herumreist. So eine Dame hatte ihr von einem sehr guten Lehrer erzählt; eine amerikanische Dame – vielleicht kennen Sie die – Mrs Sanders. Sie war aus Boston, glaube ich. Die hat ihr jedenfalls von diesem Lehrer erzählt, und wir wollten ihn auch schon bitten, mit uns herumzureisen. Doch Randolph hat gesagt, dass er keinen Lehrer will, der mit uns herumreist. Er hat gesagt, dass er in der Eisenbahn keinen Unterricht haben will. Und wir sitzen doch nun mal fast die Hälfte der Zeit in der Eisenbahn. Eine englische Dame, die wir in der Eisenbahn kennengelernt haben – ich glaube, sie hieß Miss Featherstone; vielleicht kennen Sie die ja. Nun, die wollte wissen, warum *ich* Randolph nicht unterrichte – ihm ›Lektionen‹ gebe, wie sie es genannt hat. Ich glaube, er könnte eher mir Lektionen geben als ich ihm. Er ist sehr klug.«

»Ja«, sagte Winterbourne, »er macht einen sehr klugen Eindruck.«

»Mutter will ihm einen Lehrer besorgen, sobald wir in Italien sind. Gibt es in Italien gute Lehrer?«

»Sehr gute, würde ich meinen«, beeilte sich Winterbourne zu erwidern.

»Sonst sucht sie ihm irgendeine Schule. Er muss schon noch mehr lernen. Er ist ja erst neun. Er soll mal aufs College gehen.« Und auf diese Weise fuhr Miss Miller fort, über die Angelegenheiten ihrer Familie und auch über andere Themen zu plaudern. Sie saß da, die ungewöhnlich hübschen, mit funkelnden Ringen geschmückten Hände im Schoß gefaltet, und der Blick ihrer ebenso hübschen Augen ruhte mal auf denen von Winterbourne, mal schweifte er durch den Garten, über die an ihr vorbeigehenden Leute und über die schöne Aussicht. Sie sprach mit ihrem neuen Bekannten, als würde sie ihn schon seit langer Zeit kennen. Was diesem sehr gut gefiel. Es war schon viele Jahre her, seit er ein junges Mädchen so viel hatte reden hören. Man hätte von dieser umherstreifenden Maid, die da des Weges gekommen war und sich neben ihn auf eine Bank gesetzt hatte, durchaus sagen können, dass sie plapperte. Sie war vollkommen gelassen und saß in einer reizenden ruhigen Haltung da, doch ihre Lippen und ihre Augen bewegten sich unablässig. Ihre weiche hohe Stimme klang angenehm, und ihr Tonfall war ausgesprochen umgänglich. Sie berichtete Winterbourne von ihren Reisen und Zielen, und von denen ihrer Mutter und ihres Bruders, in Europa und zählte dabei insbesondere die verschiedenen Hotels auf, in denen sie Station gemacht hatten. »Diese englische Dame in der Eisenbahn«, sagte sie – »Miss Featherstone – hat mich gefragt, ob wir in Amerika denn nicht alle in Hotels wohnen. Ich habe ihr gesagt, dass ich in meinem ganzen Leben noch nicht in so vielen Hotels war wie hier in Europa. So viele habe ich wirklich noch nie gesehen – überall nichts als Hotels.« Doch diese Bemerkung machte Miss Miller nicht mit nörgelndem Unterton; sie schien mit allem in bestem Einvernehmen zu sein. Sie betonte sogar, dass die Hotels sehr gut seien, wenn man sich erst einmal an ihre Eigenheiten gewöhnt habe, und dass Europa einfach hinreißend sei. Sie sei nicht enttäuscht – überhaupt nicht. Vielleicht deshalb, weil sie vorher schon so viel darüber gehört habe. Sie habe nämlich unheimlich viele gute Freunde, die schon unheimlich oft hier gewesen seien, und auf diese Weise sei sie gründlich vorbereitet gewesen. Und außerdem habe sie ja auch schon unheimlich viele Kleider und Sachen aus Paris gehabt. Wann immer sie ein Kleid aus Paris angezogen habe, habe sie sich gefühlt, als wäre sie schon in Europa.

»Als wäre es eine Art Zaubermantel«, sagte Winterbourne lächelnd.

»Ja«, sagte Miss Miller sogleich und ohne weiter über diesen Vergleich nachzudenken; »da habe ich mir dann immer gewünscht, schon hier zu sein. Aber wegen der Kleider hätte ich nicht kommen müssen. Ich bin überzeugt, dass sie die hübschen alle nach Amerika schicken, hier sieht man nur die scheußlichsten Sachen. Das Einzige, was mir nicht gefällt«, fuhr sie fort, »ist die Gesellschaft. Es gibt gar keine Gesellschaft – und wenn doch, dann weiß ich nicht, wo sie sein soll. Wissen Sie es? Irgendwo gibt es wohl so was wie Gesellschaft, vermute ich, aber ich habe noch nichts davon gesehen. Ich bin sehr gern in Gesellschaft und habe auch immer viele Leute um mich gehabt. Nicht nur in Schenectady, meine ich, sondern in New York. Ich habe bisher jeden Winter in New York verbracht, immer in großer Gesellschaft. Letzten Winter wurden siebzehn Dinnerpartys für mich gegeben, und drei davon waren von Gentlemen«, fügte Daisy Miller hinzu. »Ich bin in New York mit viel mehr Leuten befreundet als in Schenectady – mit mehr Gentlemen; und mit mehr jungen

Damen auch«, setzte sie rasch hinzu. Dann hielt sie wieder kurz inne; sie blickte Winterbourne mit all der Schönheit ihrer freimütigen grauen Augen und ihres offenen, wenn auch recht gleichförmigen Lächelns an. »Ich war schon immer«, sagte sie, »viel in Gesellschaft von Gentlemen.«

Der arme Winterbourne war amüsiert und verblüfft – vor allem aber war er hingerissen. Er hatte bisher noch nie erlebt, dass ein junges Mädchen sich auf diese Weise äußerte; noch nie zumindest außer in den Fällen, wo solche Äußerungen ganz bewusst auf die Vieldeutigkeit der Dinge anspielen sollten. Aber durfte er Miss Daisy Miller eines tatsächlichen oder möglichen *arrière-pensée*, wie man in Genf sagte, bezichtigen? Es kam ihm so vor, als lebte er schon so lange in Genf, dass auf sein moralisches Empfinden kein Verlass mehr war; er hatte das rechte Gefühl für den jungen amerikanischen Ton verloren. Er war tatsächlich noch nie, seit er alt genug war, die Dinge bewusst wahrzunehmen, einer jungen Landsmännin von einem so »ausgeprägten« Typus wie diesem begegnet. Gewiss, sie war überaus liebreizend, aber wie außerordentlich mitteilsam und wie unglaublich unbefangen! War sie einfach nur ein hübsches junges Mädchen aus dem Staat New York – waren sie alle so, die hübschen jungen Mädchen, die viel in Gesellschaft von Gentlemen gewesen waren? Oder war sie darüber hinaus eine berechnende, eine unverfrorene, kurz gesagt, eine gewissenlose junge Person? Er konnte sich in solch einer Frage nicht mehr auf seinen Instinkt verlassen, und sein Verstand konnte ihn nur allzu rasch irreführen. Miss Daisy Miller sah äußerst unschuldig aus. Von manchen hatte er gehört, dass amerikanische junge Mädchen wirklich außerordentlich unschuldig seien, und von anderen wiederum, dass dies letztlich nicht der Fall sei. Alles in allem musste er Miss Daisy Miller für ein Mädchen halten, das gern flirtete – eine hübsche, gern flirtende Amerikanerin. Er hatte bisher noch nie Beziehungen zu Vertreterinnen dieses Typs gepflegt. Hier in Europa hatte er zwei, drei Frauen gekannt – Personen, die älter waren als Miss Daisy Miller und aus Gründen der Ehrbarkeit mit Ehemännern versehen –, die sehr kokett gewesen waren; gefährliche, schreckliche Frauen, mit denen eine leichte Tändelei rasch eine schwerwiegende Wendung nehmen konnte. Doch diese reizende Erscheinung war nicht kokett in jenem Sinne; dazu war sie zu unbedarft; sie war einfach nur eine hübsche, gern flirtende Amerikanerin. Winterbourne war fast dankbar, endlich die Formel gefunden zu haben, die auf Miss Daisy Miller passte. Er lehnte sich in die Bank zurück und sagte sich vergnügt, dass sie die schönste kleine Nase habe, die er je gesehen hatte; und er fragte sich, wie die üblichen Bedingungen und Grenzen für den Umgang mit einer gern flirtenden Amerikanerin wohl aussehen mochten. Und bald darauf zeigte sich, dass er bereits auf dem Wege war, es zu erfahren.

»Waren Sie schon mal auf dem alten Schloss dort?«, fragte das junge Mädchen und deutete mit dem Sonnenschirm auf die in der Ferne schimmernden Mauern von Château de Chillon.

»Ja, früher, mehr als einmal«, sagte Winterbourne. »Sie haben es doch bestimmt auch schon besichtigt?«

»Nein, bisher noch nicht. Ich möchte furchtbar gern hin. Und werde natürlich auch noch hinfahren. Ich würde nie hier abreisen, ohne dieses alte Schloss besichtigt zu haben.«

»Es ist ein sehr schöner Ausflug«, erwiderte der junge

Mann, »und ganz leicht zu machen. Man kann mit der Kutsche fahren, wissen Sie, oder mit dem kleinen Dampfschiff.«

»Man kann auch die Eisenbahn nehmen«, sagte Miss Miller.

»Ja, man kann auch die Eisenbahn nehmen«, bestätigte Winterbourne.

»Unser Reiseführer sagt, dass die Eisenbahn bis direkt vors Schloss fährt«, fuhr sie fort. »Wir wollten letzte Woche hinfahren, doch dann hat Mutter aufgegeben. Sie leidet ganz schrecklich unter Verdauungsstörungen und hat gesagt, dass sie nicht mitkommen kann –!« Aber diese Skizze einer Begründung ließ Miss Miller unvollendet. »Und Randolph wollte sowieso nicht hin; er sagt, er macht sich nichts aus alten Schlössern. Aber ich glaube, diese Woche werden wir wohl hinfahren, wenn wir Randolph überreden können.«

»Interessiert Ihr Bruder sich denn nicht für alte Bauwerke?«, fragte Winterbourne geduldig.

Nun spornte er sie jedes Mal zum Reden an, wie sie es seiner Meinung nach vermutlich ausgedrückt hätte. »Eben nicht, er sagt, alte Schlösser sind ihm egal. Er ist ja erst neun. Er will lieber zu Hause bleiben. Mutter hat aber Angst, ihn allein zu lassen, und der Reiseführer will nicht bei ihm bleiben; deshalb haben wir noch nicht allzu viel besichtigt. Aber es wäre zu schade, wenn wir dort nicht hinkommen würden.« Und Miss Miller deutete noch einmal auf das Château de Chillon.

»Ich sollte meinen, das ließe sich einrichten«, fühlte Winterbourne sich daraufhin ermutigt zu erwidern. »Können Sie denn niemanden finden, der – einen Nachmittag lang – bei Randolph bleibt?«

Miss Miller sah ihn einen Augenblick lang an und sagte

dann mit aller Seelenruhe: »Wenn *Sie* doch bei ihm bleiben würden!«

Er tat so, als dächte er darüber nach. »Ich würde aber viel lieber mit Ihnen nach Chillon fahren.«

»Mit mir?«, fragte sie ohne den Anflug einer Gefühlsregung.

Sie stand nicht errötend auf, so wie ein junges Mädchen in Genf es getan hätte; und doch hielt er es, wohl wissend, dass er sehr weit gegangen war, für möglich, dass sie sich innerlich zurückgezogen hatte. »Und mit Ihrer Mutter«, erwiderte er äußerst respektvoll.

Doch sowohl seine Kühnheit als auch sein Respekt schienen an Miss Daisy Miller verschwendet. »Mutter kommt bestimmt nicht mit – auch nicht wegen *Ihnen*«, sagte sie lächelnd. »Und sie ist sowieso nicht erpicht darauf, hinzufahren. Sie fährt nachmittags nicht gern herum.« Und danach fuhr sie in vertraulichem Ton fort: »Aber haben Sie das wirklich ernst gemeint, was Sie da eben gesagt haben – dass Sie gern dort hinfahren wurden?«

»Sehr ernst sogar«, betonte Winterbourne.

»Dann können wir es vielleicht doch einrichten. Wenn Mutter bei Randolph bleibt, bleibt Eugenio bestimmt auch bei ihm.«

»Eugenio?«, wiederholte der junge Mann.

»Eugenio ist unser Reiseführer. Er bleibt nicht gern bei Randolph – er ist der penibelste Mensch, der mir je begegnet ist. Aber ein hervorragender Reiseführer. Er bleibt bestimmt bei Randolph zu Hause, wenn Mutter auch bei ihm bleibt, und dann können wir zum Schloss fahren.«

Winterbourne dachte einen Augenblick lang so scharf nach, wie es ihm möglich war: »wir« konnte nur bedeuten Miss Miller und er selbst. Diese Aussicht schien fast zu schön, um wahr zu sein; am liebsten hätte er der jungen Dame die Hand geküsst. Was er vielleicht auch getan hätte – und damit seine Chance zunichtegemacht; in diesem Augenblick aber erschien ein anderer Mann – Eugenio vermutlich. Ein großer, gut aussehender Mann mit prachtvollem Backenbart, der einen samtenen Cutaway und eine imposante Uhrkette trug, trat auf die junge Dame zu und sah ihren Begleiter scharf an. »Oh, Eugenio!«, sagte sie in freundlichstem Tonfall.

Eugenio hatte Winterbourne von Kopf bis Fuß gemustert; jetzt verbeugte er sich gravitätisch vor Miss Miller. »Ich habe die Ehre, Mademoiselle davon in Kenntnis zu setzen, dass das Mittagessen serviert ist.«

Mademoiselle stand langsam auf. »Stellen Sie sich vor, Eugenio, jetzt fahre ich doch noch zu dem alten Schloss dort.«

»Zum Château de Chillon, Mademoiselle?«, fragte der Reiseführer. »Mademoiselle hat Vorkehrungen getroffen?«, fügte er in einem Ton hinzu, der Winterbourne unverschämt erschien.

Eugenios Ton ließ, wie sogar Miss Miller wahrnahm, ihre Situation in einem etwas spöttischen Licht erscheinen. Mit dem leichtesten Anflug eines Errötens wandte sie sich an Winterbourne. »Und Sie machen auch keinen Rückzieher?«

»Ich werde erst glücklich sein, wenn wir aufbrechen!«, protestierte er.

»Und Sie wohnen hier in diesem Hotel?«, fuhr sie fort. »Und Sie sind wirklich Amerikaner?«

Der Reiseführer stand immer noch auf eine Weise da, die wie eine Beleidigung auf den jungen Mann wirkte, insofern Letzterer darin eine stumme Verurteilung von Miss Millers Verhalten sah und die Unterstellung, dass sie Bekannte »aufgabelte«. »Es wird mir eine Ehre sein, Ihnen eine Dame vorzustellen, die Ihnen jede Auskunft über mich erteilen kann«, sagte er lächelnd und auf seine Tante anspielend.

»Oh ja, irgendwann fahren wir schon hin«, erwiderte sie gutmütig; und dann warf sie ihm ein Lächeln zu und drehte sich um. Sie spannte ihren Sonnenschirm auf und ging neben Eugenio her ins Speiselokal zurück. Winterbourne sah ihr nach, und während sie sich langsam entfernte, die Volants ihrer Musselinschleppe auf dem Weg hinter sich herziehend, sagte er zu sich selbst, von welch natürlicher Eleganz sie doch sei.

II

Mit seinem Versprechen, Miss Daisy Miller seiner Tante, Mrs Costello, vorzustellen, hatte er sich allerdings zu mehr verpflichtet, als er zu halten vermochte. Sobald diese Dame sich von ihren Kopfschmerzen erholt hatte, machte er ihr in ihrer Suite seine Aufwartung, und nach der Darbietung einer angemessenen Sorge um ihre Gesundheit fragte er sie, ob sie im Hotel eine amerikanische Familie bemerkt habe – eine Mama, eine Tochter und ein aufmüpfiger kleiner Junge.

»Ein aufmüpfiger kleiner Junge und ein grotesker großer Reiseführer?«, fragte Mrs Costello. »Oh ja, die habe ich bemerkt. Die habe ich gesehen, gehört und gemieden.« Mrs Costello war eine Witwe von Vermögen, eine Dame, die großen Wert auf Rang und Namen legte und häufig zu verstehen gab, dass sie ihr Zeitalter wahrscheinlich sehr viel tiefer geprägt hätte, wenn sie nicht so schrecklich zur Migräne neigen würde. Ihr schmales, blasses Gesicht zierte eine lange Nase und eine Fülle auffallend weißen Haars, das sie in lockeren, hoch aufgerollten Chignons trug. Sie hatte zwei in New York verheiratete Söhne und einen weiteren, der sich in Europa aufhielt. Dieser junge Mann amüsierte sich derzeit in Homburg, und obwohl er ganz seinen Neigungen nachgehen konnte, sah man ihn selten eine jener Städte besuchen, die seine Mutter zu ebendieser Zeit für ihren Aufenthalt auserkoren hatte. Ihr Neffe, der nach Vevey gekommen war, nur um sie zu besuchen, war daher sehr viel aufmerksamer als, wie sie es ausdrückte, ihr eigen Fleisch und Blut. Er hatte in Genf die Anschauung gewonnen, dass man sich in allen Fragen der Form stets untadelig zu verhalten habe. Mrs Costello hatte ihn seit vielen Jahren nicht mehr gesehen und war nun hocherfreut über ihn, was sie darin zum Ausdruck brachte, dass sie ihn in viele der Geheimnisse jenes gesellschaftlichen Einflusses einweihte, den sie, wie sie ihn glauben machen wollte, von ihrer Bastion in der Zweiundvierzigsten Straße ausübte. Sie gab zu, nur in den vornehmsten Kreisen zu verkehren, aber wenn er mit New York besser vertraut wäre, verstünde er, dass einem gar nichts anderes übrig bleibe. Und ihr Bild der bis ins Kleinste hierarchisch aufgebauten Gesellschaft dieser Stadt, das sie ihm in den unterschiedlichsten Farben malte, machte auf Winterbourne einen geradezu beklemmenden Eindruck.

An ihrem Ton erkannte er sogleich, dass Miss Daisy Miller in der gesellschaftlichen Rangordnung einen unteren Platz einnahm. »Ich fürchte, du hältst nichts von ihnen«, fuhr er im Hinblick auf seine neuen Freunde fort.

»Sie sind grauenhaft gewöhnlich« – das war eindeutig. »Sie gehören zu der Sorte Amerikaner, die zu ignorieren geradezu eine Pflicht ist.«

»Aha, du ignorierst sie also einfach?« – der junge Mann begriff es nun.

»Ich kann gar nicht anders, mein lieber Frederick. Wenn ich es nicht tun müsste, würde ich es nicht tun. Aber ich muss.«

»Das junge Mädchen ist sehr hübsch«, fuhr er kurz darauf fort.

»Natürlich ist sie sehr hübsch. Aber sie hat etwas ungemein Vulgäres.«

»Ich verstehe natürlich, was du meinst«, erlaubte er sich nach einem weiteren kurzen Schweigen zu sagen.

»Sie hat dieses reizende Aussehen, das sie alle haben«, fuhr seine Tante fort. »Ich weiß wirklich nicht, woher diese Mädchen das haben; und sie kleidet sich makellos – nein, du ahnst nicht einmal, wie gut sie sich kleidet. Ich weiß wirklich nicht, woher diese Mädchen ihren Geschmack haben.«

»Aber, liebe Tante, sie ist doch schließlich auch keine Wilde vom Stamme der Komantschen.«

»Sie ist eine junge Dame«, sagte Mrs Costello, »die mit dem Reiseführer ihrer Mama auf vertraulichem Fuße steht!«

»Auf ›vertraulichem Fuße‹?« Aha, das war es also!

»Anders kann man solch eine Beziehung nicht nennen. Aber die spindeldünne kleine Mutter ist ganz genauso schlimm! Sie behandeln ihren Reiseführer wie einen guten Freund der Familie – wie einen vornehmen und gebildeten Gentleman. Es würde mich nicht wundern, wenn er mit ihnen zu Abend isst. Wahrscheinlich haben sie noch nie einen Mann kennengelernt, der so gute Manieren hat, so elegante Kleidung trägt, so wie ein vornehmer Gentleman *wirkt* – oder gar ein gebildeter. Vermutlich entspricht er ganz der Vorstellung, die sich diese junge Dame von einem Grafen macht. Abends sitzt er mit ihnen im Garten. Ich glaube, er raucht sogar in ihrem Beisein.«

Winterbourne hörte diesen Enthüllungen interessiert zu;

sie halfen ihm, sich eine Meinung über Miss Daisy Miller zu bilden. Sie war offenbar ein ziemlicher Wildfang. »Nun ja«, sagte er, »ich bin kein Reiseführer und ich habe auch nicht in ihrem Beisein geraucht, und dennoch war sie ganz reizend zu mir.«

»Du hättest lieber gleich erwähnen sollen«, sagte Mrs Costello würdevoll, »dass du ihre werte Bekanntschaft gemacht hast.«

»Wir sind uns nur im Garten begegnet und haben ein wenig geplaudert.«

»Ohne Verabredung – wirklich? Oh, das kommt bestimmt noch! Und was, bitte schön, hast du zu ihr gesagt?«

»Ich sagte, dass ich mir erlauben würde, sie meiner vortrefflichen Tante vorzustellen.«

»Deine vortreffliche Tante ist dir tausendfach verbunden.«

»Damit wollte ich nur für meine Ehrbarkeit bürgen.«

»Und wer, bitte schön, bürgt für die ihre?«

»Oh, du bist grausam!«, sagte der junge Mann. »Sie ist ein ganz unschuldiges junges Mädchen.«

»Das klingt aber gar nicht so, als ob du selbst davon überzeugt wärst«, erwiderte Mrs Costello.

»Sie ist vollkommen ungebildet«, gab Winterbourne zu, »aber sie ist nun einmal ungemein hübsch und, kurz gesagt, auch sehr nett. Und um zu beweisen, dass ich selbst davon überzeugt bin, werde ich mit ihr zum Château de Chillon fahren.«

Mrs Costello blickte verwundert drein. »Ihr beide wollt allein dort hinfahren? Ich würde sagen, das beweist genau das Gegenteil. Wie lange hast du sie denn schon gekannt, wenn ich fragen darf, als dieser interessante Plan geschmiedet wurde? Du bist doch noch keine vierundzwanzig Stunden im Haus.«

»Eine halbe Stunde lang!«, sagte Winterbourne lächelnd.

»Dann ist sie genau das, wofür ich sie halte.«

»Und wofür hältst du sie?«

»Na, für eine grauenhafte Person.«

Unser junger Mann schwieg einige Augenblicke lang. »Du glaubst also wirklich«, begann er schließlich und mit dem Wunsch nach vertrauenswürdiger Auskunft, »du glaubst also wirklich, dass –« Aber er hielt wieder inne, während seine Tante wartete.

»Ich glaube was, mein Lieber?«

»Dass sie zu der Sorte junger Damen gehört, die von einem Mann erwarten, dass er früher oder später mit ihr – nun ja, nennen wir es einmal ›entflieht‹?«

»Ich habe nicht die geringste Ahnung, was solche jungen Damen von einem Mann erwarten. Aber ich würde dir wirklich raten, dich nicht mit jungen Amerikanerinnen einzulassen, die ungebildet sind, wie du es so nachsichtig auszudrücken beliebst. Du lebst schon zu lange außer Landes. Du wirst noch einen großen Fehler machen. Du bist zu unschuldig.«

»In dieser Hinsicht nun beim besten Willen nicht, meine liebe Tante!«, protestierte er lachend und zwirbelte dabei an seinem Schnurrbart herum.

»Dann bist du eben zu verdorben!«

Ganz in Gedanken versunken fuhr er fort, an besagter Zierde herumzuspielen. »Das arme Mädchen darf dir also nicht vorgestellt werden?«, fragte er schließlich.

»Ist es wirklich wahr, dass sie mit dir zum Château de Chillon fahren will?«

»Das ist ganz zweifellos ihre Absicht.«

»Dann, mein lieber Frederick«, sagte Mrs Costello, »muss ich die Ehre, ihre Bekanntschaft zu machen, ablehnen. Ich bin eine alte Frau, aber ich bin – Gott sei Dank – noch nicht zu alt, um aufrichtig schockiert zu sein!«

»Aber machen sie so etwas denn nicht alle – die jungen Mädchen zu Hause in Amerika?«, fragte Winterbourne.

Mrs Costello starrte ihn eine Sekunde lang an. »Also das möchte ich doch mal erleben, dass meine Enkelinnen so etwas machen!«, erwiderte sie dann grimmig.

Das schien ein wenig Licht auf die Angelegenheit zu werfen, denn Winterbourne erinnerte sich, gehört zu haben, dass seine hübschen Cousinen in New York, die Töchter der beiden Töchter dieser Dame, »furchtbar gern flirteten«. Wenn Miss Daisy Miller sich also größere Freiheiten herausnahm, als diesen jungen Frauen zugestanden wurden, ging sie vermutlich selbst für amerikanische Verhältnisse ziemlich weit. Winterbourne konnte es kaum erwarten, sie wiederzusehen, und es ärgerte ihn, ja beschämte ihn sogar etwas, dass er sie nicht instinktiv richtig einzuschätzen gewusst hatte.

Auch wenn er es kaum erwarten konnte, sie wiederzusehen, wusste er doch nicht, welchen Grund er für die Weigerung seiner Tante, sie kennenzulernen, nennen sollte; aber er fand bald genug heraus, dass man bei Miss Daisy Miller nicht um den heißen Brei herumreden musste. Er traf sie an diesem Abend im Garten an, wo sie im warmen Sternenlicht wie eine Nymphe umherschlenderte und sich mit dem größten Fächer, den er je gesehen hatte, Luft zuwedelte. Es war zehn Uhr. Er hatte mit seiner Tante zu Abend gegessen, nach dem Abendessen noch bei ihr gesessen und sich eben erst bis zum nächsten Tag von ihr verabschiedet. Seine junge Freundin freute sich ganz freimütig darüber, ihre Unterhaltung wieder aufnehmen zu können, und behauptete, dies sei der langweiligste Abend, den sie je verbracht habe.

»Waren Sie denn ganz allein?«, fragte er, ohne seinen Worten einen Hintersinn verleihen zu wollen und ohne dass sie es so auffasste.

»Ich bin mit Mutter spazieren gegangen. Aber Mutter wird müde vom Spazierengehen«, erklärte Miss Miller.

»Ist sie schon zu Bett gegangen?«

»Nein, sie geht nicht gern ins Bett. Sie schläft so gut wie nie – keine drei Stunden auf einmal. Sie sagt, sie weiß selbst nicht, wie sie das überlebt. Sie ist schrecklich nervös. Ich vermute ja, sie schläft mehr, als sie glaubt. Jetzt sucht sie irgendwo nach Randolph; sie will versuchen, ihn ins Bett zu kriegen. Er geht auch nicht gern ins Bett.«

Die gutmütige Unvoreingenommenheit ihrer *Befunde*, wie Winterbourne es genannt hätte, war höchst ungewöhnlich – diese schienen sie als eine bezaubernde kleine Fatalistin auszuweisen. »Hoffen wir also, dass sie ihn überreden kann«, sagte er ermutigend.

»Oh, sie wird auf ihn einreden, so gut sie kann – aber er mag es nicht, wenn sie auf ihn einredet«: bei diesen Worten klappte Miss Daisy ihren Fächer auf und zu. »Und sie wird versuchen, Eugenio dazu zu bringen, mit ihm zu reden. Aber Randolph hat keine Angst vor Eugenio. Eugenio ist zwar ein fabelhafter

Reiseführer, aber Randolph imponiert er nicht im Geringsten! Ich glaube nicht, dass er vor elf ins Bett geht.« Ihre Fähigkeit, sich in dieser Angelegenheit jeder gehässigen Beurteilung zu enthalten, schien ihrem Begleiter unnachahmlich; und es gelang Randolph offenbar tatsächlich, seine Nachtwache erfolgreich in die Länge zu ziehen, denn Winterbourne begleitete sie noch eine ganze Weile auf ihrem Spaziergang, ohne dass sie ihrer Mutter begegneten. »Ich habe schon Ausschau gehalten nach der Dame, der Sie mich vorstellen wollen«, fuhr sie fort – »ich vermute, es ist Ihre Tante.« Als er das bestätigte und hinzufügte, nun sei er aber neugierig, wie sie das herausgefunden habe, sagte sie, das Zimmermädchen habe ihr alles über Mrs Costello erzählt. Sie sei sehr zurückhaltend und sehr *comme il faut*, trage das weiße Haar hochaufgerollt zu Chignons, rede mit niemandem und esse nie im Speiselokal. Und alle zwei Tage habe sie Kopfschmerzen. »Ich finde, das ist eine ganz wunderbare Beschreibung, samt Kopfschmerzen und allem!«, sagte Miss Daisy mit ihrer fröhlichen Mädchenstimme dahinplaudernd. »Ich möchte sie zu gern kennenlernen. Ich kann mir jetzt schon vorstellen, wie Ihre Tante ist; ich weiß, dass ich sie mögen werde. Sie verkehrt bestimmt nur in den vornehmsten Kreisen. Es gefällt mir, wenn eine Dame vornehm ist; ach, wenn ich doch auch vornehm sein könnte. Aber ich glaube, wir sind sogar auch vornehm, Mutter und ich. Wir reden mit niemandem – oder niemand redet mit uns. Was letztlich ja ein und dasselbe ist, finde ich. Jedenfalls freue ich mich wirklich, Ihre Tante kennenzulernen.«

Winterbourne war peinlich berührt – nun blieb ihm nichts anderes mehr übrig, als irgendeine Ausrede zu erfinden. »Sie würde sich auch sehr glücklich schätzen, wenn nur diese lästigen Kopfschmerzen nicht wären.«

Das junge Mädchen sah ihn durch die sanfte Dämmerung hindurch an. »Aber sie hat doch bestimmt nicht jeden Tag Kopfschmerzen.«

Er musste das Beste daraus machen. »Sie behauptet, dass es sich erstaunlicherweise so verhält.« Er wusste nicht, was er sonst sagen sollte.

Miss Miller blieb stehen und sah ihn an. Ihre Schönheit war auch in der Dunkelheit noch unverkennbar; unentwegt wedelte sie ihren riesigen Fächer hin und her. »Sie will mich nicht kennenlernen!«, rief sie dann unbekümmert aus. »Warum sagen Sie das denn nicht gleich? Da müssen Sie sich doch keine Gedanken machen! *Ich* mache mir keine!« Und sie kicherte richtig vor Vergnügen.

Winterbourne vernahm jedoch einen Anflug von Unaufrichtigkeit in ihrer Stimme: er war berührt, schockiert, beschämt. »Meine liebe junge Dame, sie lernt keine Menschenseele kennen und verbringt ihr Leben eingeschlossen in abgedunkelten Zimmern. Und das alles nur wegen ihrer desolaten Gesundheit.«

Immer noch amüsiert über die Angelegenheit ging das junge Mädchen einige Schritte weiter. »Da müssen Sie sich doch keine Gedanken machen«, wiederholte sie. »Warum sollte sie mich auch kennenlernen wollen?« Dann blieb sie wieder stehen, nahe der Gartenmauer, vor sich den sternenbeschienenen See. Es lag ein unbestimmter Glanz auf seiner Oberfläche, und in der Ferne zeichneten sich schemenhaft die Umrisse der Berge ab. Daisy Miller betrachtete dieses großartige Spiel aus Licht und Schatten und bewies einmal mehr ihre fröhliche Unbekümmertheit. – »Du meine Güte! Sie ist *wirklich* vornehm!« Winterbourne fragte sich, ob sie ernsthaft verletzt sei, und einen Augenblick lang wünschte er sich fast, ihre Verletztheit möge derart beschaffen sein, dass es sich für ihn schicken würde, sie zu beruhigen und zu trösten. Ihn überkam das angenehme Gefühl, dass sie in diesem Moment empfänglich sein könnte für respektvolle Zärtlichkeiten. Er war nur allzu bereit, seine Tante zu opfern – in Worten zumindest; zuzugeben, dass sie eine stolze, hartherzige Frau sei, und zu betonen, dass sie ihnen gleichgültig sein könne. Doch noch ehe er Gelegenheit fand, sich dieser fragwürdigen Mischung aus Galanterie und Pietätlosigkeit hinzugeben, war die junge Dame schon weitergegangen und rief plötzlich in einem ganz anderen Tonfall aus: »Ach, da kommt Mutter! Dann hat sie Randolph wohl immer noch nicht ins Bett gekriegt.« In einiger Entfernung tauchte die im Dunkeln nur sehr undeutlich zu erkennende Gestalt einer Dame auf; sie näherte sich mit langsamen, unschlüssigen Schritten und schien dann auf einmal stehen zu bleiben.

»Sind Sie sicher, dass es Ihre Mutter ist? Können Sie sie bei dieser Dunkelheit erkennen?«

»Also wirklich«, erwiderte das Mädchen lachend. »Ich werde doch wohl meine eigene Mutter noch erkennen! Und erst recht, wenn sie meinen Schal umhat. Sie trägt immer meine Sachen.«

Die besagte Dame kam nicht mehr näher und verharrte unbestimmt dort, wo sie stehen geblieben war.

»Ich fürchte, Ihre Mutter sieht Sie nicht«, sagte Winterbourne. »Oder vielleicht«, fügte er hinzu – in dem Glauben, sich bei Miss Miller diesen Scherz erlauben zu dürfen – »vielleicht hat sie wegen Ihres Schals ein schlechtes Gewissen.«

»Ach, das scheußliche alte Ding!«, erwiderte seine Begleiterin gelassen. »Ich habe ihr gesagt, dass sie ihn ruhig tragen kann, wenn es ihr nichts ausmacht, wie ein Schreckgespenst auszusehen. Sie kommt nur deshalb nicht näher, weil sie Sie sieht.«

»Aha«, sagte Winterbourne, »dann lasse ich Sie jetzt besser allein.«

»Oh nein – nicht doch!«, beharrte das junge Mädchen.

»Ich fürchte, Ihrer Mutter gefällt es nicht, dass ich mit Ihnen spazieren gehe.«

Sie warf ihm einen, wie er fand, äußerst seltsamen Blick zu. »Es geht doch gar nicht um mich; es geht um Sie – oder vielmehr, um *sie*. Ach, ich weiß auch nicht, um wen es geht! Mutter gefällt einfach keiner der Gentlemen, mit denen ich befreundet bin. Sie ist furchtbar schüchtern und wird immer ganz nervös, wenn ich ihr einen Gentleman vorstelle. Aber ich stelle sie ihr trotzdem vor – fast immer. Wenn ich Mutter meine Freunde nicht vorstellen würde«, fügte Miss Miller in ihrer hohen eintönigen Stimme hinzu, »dann wäre das doch nicht normal.«

»Nun, um mich vorstellen zu können«, sagte Winterbourne, »müssten Sie aber meinen Namen kennen.« Und dann nannte er ihn ihr.

»Oje – das ist viel zu lang!«, rief seine Begleiterin äußerst amüsiert. Doch unterdessen hatten sie Mrs Miller bereits erreicht, die beim Näherkommen der beiden an die Gartenmauer getreten war, sich daraufgestützt hatte und ihnen den Rücken zukehrend nun angestrengt auf den See hinausblickte. »Mutter!«, sagte das junge Mädchen in einem Ton voller Entschiedenheit – woraufhin die ältere Dame sich umdrehte. »Mr Frederick Forsyth Winterbourne«, sagte die junge Freundin des Letzteren, womit sie seine Lektion von eben wiederholte und ihn auf sehr unbefangene und charmante Weise vorstellte. Sie mochte vielleicht »gewöhnlich« sein, so wie Mrs Costello behauptet hatte; doch was sollte diese Beschreibung im Hinblick auf ihre ganz eigene, angeborene Anmut eigentlich bedeuten?

Ihre Mutter war eine kleine schmächtige, farblose Frau mit unstetem Blick, einer kaum wahrnehmbaren Nase und, wie um dies wettzumachen, einer unübersehbaren Stirn, in die ihr – von einem zu hohen Haaransatz, wie Winterbourne bei sich dachte – dünne krause Locken fielen. Wie ihre Tochter war auch Mrs Miller mit äußerster Eleganz gekleidet; und in den Ohren trug sie riesige Diamanten. Soweit der junge Mann feststellen konnte, begrüßte sie ihn nicht – jedenfalls sah sie ihn nicht an. Daisy war neben sie getreten und zog ihr den Schal zurecht. »Was stöberst du denn nur hier draußen herum?«, fragte diese junge Dame – doch keineswegs in dem harschen Tonfall, den ihre Wortwahl nahelegte.

»Ach, ich weiß nicht« – und damit drehte Mrs Miller sich wieder zum See um.

»Ich hätte nie geglaubt, dass dir ausgerechnet dieser Schal gefällt!«, fuhr Daisy vertraulich fort.

»Oh – so ist es eben!«, erwiderte ihre Mutter in einem Tonfall, der für Winterbourne einen merkwürdigen Zug von Freude und Kummer an sich hatte.

»Hast du Randolph ins Bett gekriegt?«, fragte Daisy.

»Nein, ich konnte ihn nicht überreden.« – Mrs Miller hatte sich offenbar demselben sanften Fatalismus ergeben wie ihre Tochter. »Er will sich noch mit dem Kellner unterhalten. Er unterhält sich zu gern mit diesem Kellner.«

»Ich habe Mr Winterbourne eben erst davon erzählt«, fuhr das Mädchen fort; und im Ohr des jungen Mannes klang ihr Tonfall so, als hätte sie seinen Namen schon ihr ganzes Leben lang ausgesprochen.

»Oh ja!«, stimmte er zu – »ich habe das Vergnügen, Ihren Sohn zu kennen.«

Randolphs Mama schwieg und widmete ihre Aufmerksamkeit ganz dem See. Doch schließlich stieß sie ein Seufzen aus. »Ach, ich verstehe gar nicht, wie er das überlebt!«

»Immerhin ist es doch nicht mehr so schlimm wie in Dover«, meinte Daisy beschwichtigend.

»Was war denn in Dover?«, wollte Winterbourne wissen.

»Dort wollte er überhaupt nicht ins Bett. Ich glaube, er ist den ganzen Abend aufgeblieben – unten im Hotelsalon. Um zwölf Uhr war er immer noch nicht im Bett: als ob er sich nicht von der Stelle rühren könnte.«

»Um halb eins habe *ich* dann aufgegeben«, stellte Mrs Miller mit leidenschaftsloser Genauigkeit fest.

Winterbourne fand das alles sehr interessant. »Schläft er denn tagsüber viel?«

»Nicht allzu viel, glaube ich«, erwiderte Daisy.

»Wenn er es nur tun würde!«, sagte ihre Mutter. »Er *muss* den Schlaf doch irgendwie nachholen.«

»Oh, den müssen wohl eher wir nachholen. Er ist wirklich ermüdend, finde ich«, fuhr Daisy fort.

Danach herrschte einige Augenblicke lang Schweigen. »Aber Daisy Miller«, brach es dann unerwartet aus der älteren Dame hervor, »du willst doch wohl nicht schlecht über deinen eigenen Bruder reden!«

»Aber er *ist* ermüdend, Mutter«, sagte das junge Mädchen, jedoch ohne nachdrückliche Schärfe.

»Aber er ist ja auch erst neun«, mahnte Mrs Miller besonnen.

»Aber zu dem Schloss will er jedenfalls nicht«, erwiderte ihre Tochter, wie um einzulenken. »Und deshalb werde ich mit Mr Winterbourne dort hinfahren.«

Auf diese sehr gelassen vorgetragene Ankündigung gab Daisys Mutter keine Antwort. Winterbourne ging deshalb davon aus, dass sie gegen das Vorhaben etwas einzuwenden hatte; gleichzeitig aber sagte er sich, dass sie eine einfache, leicht zu beeinflussende Frau sei und ein paar respektvolle Beteuerungen sie schon umstimmen würden. »Ja«, warf er daher ein, »Ihre Tochter ist so gütig, mir die Ehre zu erweisen, Ihr Reiseführer sein zu dürfen.«

Mrs Millers unsteter Blick heftete sich mit einem stummen Flehen auf die dritte im Bunde, die jedoch, leise vor sich hinsummend, ein paar Schritte weitergeschlendert war. »Ich nehme an, Sie fahren mit der Eisenbahn«, bemerkte sie dann ganz sachlich.

»Ja, oder mit dem Schiff«, sagte Winterbourne.

»Aha, ich kenne mich da natürlich nicht aus«, erwiderte Mrs Miller. »Ich bin nie auf dem Schloss gewesen.«

»Wie schade, dass Sie nicht mitkommen wollen«, sagte er und fühlte sich in seiner Vermutung, dass sie etwas dagegen einzuwenden hatte, immer mehr bestätigt. Und dennoch hätte er sich nicht gewundert, wenn sie es als selbstverständlich betrachtet hätte, ihre Tochter zu begleiten.

Folglich war es diese Ansicht, die sich ihm sogleich in einem anderen Licht präsentierte. »Wir haben schon so oft vorgehabt, hinzufahren, aber irgendwie hat es nie geklappt. Natürlich, Daisy – sie will überallhin. Aber eine Dame hier – ich weiß gar nicht, wie sie heißt –, die sagt, sie würde uns raten, die Schlösser *hier* nicht zu besichtigen; sie würde uns raten, lieber zu warten, bis wir in Italien sind. Dort scheint es wohl sehr viele zu geben«, fuhr Mrs Miller mit zunehmendem Selbstvertrauen fort. »Wir wollen natürlich nur die wichtigsten sehen. In England haben wir ja schon einige besichtigt«, fügte sie noch hinzu.

»Oh ja, in England gibt es wunderschöne Schlösser«, sagte Winterbourne. »Aber Chillon hier ist sehr sehenswert.«

»Also, wenn Daisy sich der Sache gewachsen fühlt –«, sagte Mrs Miller in einem Tonfall, der unter der Last einer solchen Vorstellung zu brechen schien. »Es gibt anscheinend nichts, was sie nicht unternehmen würde.«

»Oh, ich bin mir ziemlich sicher, dass es ihr gefallen wird!«, erklärte Winterbourne. Und es verlangte ihn immer stärker nach der Gewissheit, dass er in den Genuss eines *tête-à-tête* mit der jungen Dame kommen würde, die immer noch leise summend vor ihnen herschlenderte. »Und Sie selbst sind nicht geneigt, Madam«, fragte er, »sich diesem interessanten Ausflug anzuschließen?«

Auf diese Weise angesprochen sah Daisys Mutter ihn einen Augenblick lang verschreckt von der Seite an und ging dann schweigend einige Schritte. »Ich glaube, sie sollte lieber allein fahren«, sagte sie dann einfach nur.

Bei dieser Gelegenheit stellte er fest, dass er es hier mit einem ganz anderen Typus Mutter zu tun hatte als mit jenem der wachsamen Matrone, die sich in der dunklen alten Stadt am anderen Ende des Sees im gesellschaftlichen Umgang stets in den Vordergrund drängte. Aus diesen Überlegungen wurde er jedoch herausgerissen, als er klar und deutlich seinen Namen aus dem Munde von Mrs Millers unbehüteter Tochter hörte. »Mr Winterbourne!«, rief sie aus beträchtlicher Entfernung.

»Mademoiselle!«, sagte der junge Mann.

»Wollen Sie nicht mit mir auf dem See Boot fahren?«

»Jetzt?«, fragte er.

»Ja, natürlich!«, erwiderte sie fröhlich.

»Also, Annie Miller!«, rief ihre Mutter aus.

»Ich bitte Sie, erlauben Sie es ihr doch, Madam«, bat er daraufhin beflissen; so plötzlich war ihm die romantische Seite dieser Gelegenheit, ein Boot mit einem unbefangenen und schönen jungen Mädchen an Bord durch die sternklare Sommernacht zu rudern, aufgegangen.

»Ich würde ihr raten, lieber hierzubleiben«, sagte ihre Mutter. »Ich würde ihr raten, lieber hineinzugehen.«

»Ich bin sicher, dass Mr Winterbourne mit mir auf dem See Boot fahren *will*«, erklärte Daisy. »Sieh doch nur, wie hingebungsvoll er sich bemüht!«

»Ich rudere Sie unter den Sternen nach Chillon hinüber.«

»Das glaube ich nicht!«, rief Daisy lachend.

»Also!«, schnaufte die ältere Dame noch einmal, als wollte sie so viel Freizügigkeit rügen.

»Sie haben schon seit einer halbe Stunde kein Wort mehr zu mir gesagt«, fuhr ihre Tochter fort.

»Dafür habe ich ein sehr charmantes Gespräch mit Ihrer Mutter geführt«, erwiderte Winterbourne.

»Ach, pah! Ich möchte, dass Sie mit mir auf dem See Boot fahren!«, fuhr Daisy fort, als wäre nichts anderes gesagt worden. Sie waren alle zusammen stehen geblieben, und Daisy hatte sich umgedreht und sah nun ihren Freund an. In ihrem Gesicht stand ein reizendes Lächeln, und ihre hübschen Augen glänzten in der Dunkelheit, während sie ihren großen Fächer hin und her wedelnd dastand. Nein, dachte er, einen noch schöneren Anblick konnte es unmöglich geben.

»Am Anlegesteg dort unten liegt ein halbes Dutzend Boote«, sagte er und zeigte auf die Stufen, die vom Garten zum See hinunterführten. »Wenn Sie mir die Ehre erweisen und meinen Arm nehmen wollen, gehen wir hinunter und suchen uns eins aus.«

Sie stand da und lächelte; und dann warf sie den Kopf in den Nacken und lachte, als ob sie das alles unglaublich komisch fände. »Es gefällt mir, wenn ein Gentleman so förmlich ist!«

»Ich versichere Ihnen, es ist ein förmliches Angebot.«

»Ich hatte es darauf angelegt, dass Sie so etwas zu mir sagen«, sagte Daisy mit gutmütigem Spott.

»Es ist gar nicht so schwierig, wie Sie sehen«, sagte Winterbourne. »Aber ich fürchte, Sie machen sich über mich lustig.«

»Ich glaube nicht, Sir«, warf Mrs Miller schüchtern ein.

»Dann erlauben Sie mir, Sie auf den See hinauszurudern«, sagte er beharrlich zu Daisy.

»Wie zauberhaft es doch klingt, wenn Sie das sagen!«, rief sie anerkennend.

»Es wäre noch zauberhafter, es auch zu tun.«

»Ja, das wäre zauberhaft!« Doch sie machte keinerlei Anstalten, ihn zu begleiten, und blieb ganz das elegante Abbild unbefangenen leichten Spottes.

»Ich finde, du solltest lieber erst einmal nachsehen, wie spät es ist«, gab ihre Mutter unvoreingenommen zu bedenken.

»Es ist elf Uhr, Madam«, sagte da plötzlich eine Stimme mit ausländischem Akzent in unmittelbarer Nähe aus dem Dunkel heraus; und als Winterbourne sich umdrehte, erkannte er den herausgeputzten Mann wieder, den er bereits in Ausübung seines Dienstes angetroffen hatte. Er war anscheinend eben erst gekommen.

»Oh Eugenio«, sagte Daisy, »ich werde mit Mr Winterbourne in einem Boot auf den See hinausfahren!«

Eugenio verbeugte sich. »Zu dieser späten Abendstunde, Mademoiselle?«

»Ich werde mit Mr Winterbourne hinausfahren«, wiederholte sie mit ihrem strahlenden Lächeln. »Und zwar jetzt gleich.«

»Sagen Sie ihr doch bitte, dass das nicht geht, Eugenio«, bat Mrs Miller den Reiseführer.

»Sie sollten besser nicht mit einem Boot hinausfahren, meine ich, Mademoiselle«, erklärte der Mann.

Wenn dieses hübsche junge Mädchen doch bloß nicht auf so vertrautem Fuße mit ihrem Reiseführer stehen würde, dachte Winterbourne; aber er sagte nichts, und sie nährte seinen Unmut währenddessen noch weiter. »Sie halten es wohl nicht für schicklich! Herrje!«, lamentierte sie. »Eugenio hält überhaupt gar nichts für schicklich.«

»Ich stehe dennoch ganz zu Ihren Diensten«, beeilte Winterbourne sich zu sagen.

»Hat Mademoiselle etwa die Absicht, allein zu fahren?«, fragte Eugenio an Mrs Miller gewandt.

»Oh nein, mit diesem Gentleman hier!«, rief Daisys Mama beschwichtigend.

»Ich *meinte* allein mit diesem Gentleman.« Der Reiseführer warf Winterbourne einen kurzen Blick zu – wobei Letzterer glaubte, im Gesicht des anderen eine unbestimmte anmaßende Intelligenz auszumachen, die auf Kosten der Damen ging –, und setzte dann mit einer Verbeugung ernst hinzu: »Ganz wie Mademoiselle wünscht!«

Doch nun hatte Daisy genug. »Ach, ich hatte gehofft, Sie würden sich so richtig aufregen! Jetzt habe ich keine Lust mehr, Boot zu fahren.«

»Oh, aber ich werde mich aufregen, wenn Sie nicht mit mir Boot fahren«, warf Winterbourne mutig ein.

»Das ist alles, was ich wollte – ein bisschen Aufregung!« Und dabei fing sie wieder zu lachen an.

»Mr Randolph hat sich zur Nacht zurückgezogen!«, verkündete der Reiseführer daraufhin hochtrabend.

»Oh Daisy, dann können wir jetzt auch endlich hineingehen!«, rief Mrs Miller.

Ihre Tochter wandte sich, ganz aufgekratzt in ihrer seltsamen Widersprüchlichkeit, von ihrem Freund ab. »Gute Nacht – ich hoffe, Sie sind enttäuscht oder empört oder irgend so etwas!«

Er blickte sie ernst an und nahm die Hand, die sie ihm hinhielt. »Ich bin verwundert, wenn Sie es genau wissen möchten!«, antwortete er.

»Na, dann will ich hoffen, dass Ihnen das nicht den Schlaf raubt!«, sagte sie sehr verschmitzt; und damit gingen die beiden Damen in Begleitung von Eugenio, dem dieses Vorrecht zustand, auf das Haus zu.

Winterbourne folgte ihnen mit dem Blick; er war tatsächlich verwirrt. Eine Viertelstunde lang hielt er sich noch am See auf und fragte sich ratlos, was es mit diesen so plötzlich auftretenden Vertraulichkeiten und Launen des jungen Mädchens auf sich haben mochte. Doch er kam nur zu dem einen einzigen klaren Schluss, dass er es verteufelt genießen würde, mit ihr irgendwohin »zu entfliehen«.

Zwei Tage später entfloh er mit ihr zum Schloss Chillon. Er wartete in der großen Lobby des Hotels auf sie, wo all die Reiseführer, Dienstboten und ausländischen Touristen herumsaßen und gafften. Es war nicht der Ort, den er für ein Rendezvous ausgewählt hätte, doch sie hatte ihn wie selbstverständlich vorgeschlagen. Die langen Handschuhe zuknöpfend und den geschlossenen Sonnenschirm an ihre hübsche Gestalt gedrückt, kam sie die Treppe herunter, genau so gekleidet, wie es, seiner Vorstellung nach, am besten zu ihrem gemeinsamen Abenteuer passte. Er war ein Mann von Fantasie und, wie unsere Vorfahren zu sagen pflegten, von Empfindsamkeit; und als er jetzt ihre reizende Ausstrahlung und ihren ungeduldigen, zutraulichen Schritt auf der großen Treppe wahrnahm, schien der Anklang einer kleinen lieblichen Romanze, nicht laut, aber klar und lieblich, zu ihrem Aufbruch zu tönen. Er hätte jederzeit geglaubt, dass er wirklich mit ihr »entfloh«. Er führte sie durch die versammelten Müßiggänger hinaus – die sie alle ungeniert und streng anblickten: sie hatte zu plaudern begonnen, sobald sie zu ihm getreten war. Ihm wäre es lieber gewesen, wenn sie mit der Kutsche nach Chillon gefahren wären, doch sie hatte den lebhaften Wunsch geäußert, das kleine Dampfschiff zu nehmen – auf dem Wasser würde so eine angenehme Brise herrschen und sie würden so viele Leute zu sehen bekommen. Die Überfahrt dauerte nicht lange, doch Winterbournes Begleiterin fand Zeit für so manche charakteristische Bemerkung und andere Äußerungen, von denen nicht wenige, wegen ihrer außerordentlichen Offenheit, leicht irritierend waren. Für den jungen Mann selbst war ihr kleiner Ausflug bis dahin so voll wunderbar ungehöriger und unschicklicher Vertraulichkeiten, dass er, sogar trotz ihrer üblichen Freimütigkeit, darauf hoffte, ihrem Verhalten entnehmen zu dürfen, dass diese denselben Reiz auf sie ausübten. Doch es muss eingestanden werden, dass er in dieser Hinsicht enttäuscht wurde. Miss Miller war äußerst lebhaft und bester Laune, doch ganz eindeutig nicht in einem Zustand flattrig nervöser Aufregung – wie sie es eigentlich hätte sein müssen, wenn ihr Empfinden *seiner* Anspannung entsprochen hätte; sie wich weder seinem Blick noch dem irgendeines anderen aus und wurde auch nicht aus Verlegenheit rot, wenn sie ihn ansah oder bemerkte, dass andere sie ansahen. Die Leute hörten gar nicht auf, sie anzusehen, und Winterbourne konnte sich zumindest darüber freuen, wie kultiviert seine hübsche Begleiterin sich gab. Er hatte insgeheim befürchtet, sie könnte zu laut reden, allzu viel lachen und vielleicht sogar überall auf dem Dampfschiff herumlaufen wollen. Aber er vergaß seine Ängste ziemlich bald; er saß lächelnd da und ließ seinen Blick auf ihrem Gesicht ruhen, während sie, ohne sich von ihrem Platz zu rühren, allerlei originelle Betrachtungen anstellte. Es war das reizendste, unschuldigste Geplauder, das er je gehört hatte, denn seiner bisherigen Erfahrung nach konnten junge Mädchen, die so naiv waren, sich nicht allzu gut ausdrücken, und wenn sie so viel Selbstvertrauen besaßen, waren sie gebildeter. Wenn er der Behauptung, dass sie »gewöhnlich« sei, denn überhaupt zustimmte, war dies nun also der Beweis dafür, oder gewöhnte er sich allmählich einfach nur an ihre Gewöhnlichkeit? Ihr Gespräch drehte sich hauptsächlich um das, was sie unmittelbar in der äußeren Welt umgab, doch es gab auch Momente, da sie weiter ausholte oder plötzlich zu tieferen Einblicken ansetzte.

»Warum um Himmels willen sind Sie denn so ernst?«, fragte sie plötzlich und heftete ihre hübschen Augen auf ihren Freund.

»Bin ich denn ernst?«, fragte er. »Ich hatte eher das Gefühl, dass ich von einem Ohr zum anderen lache.«

»Sie sehen aus, als würden Sie mich zu einer Betstunde oder einer Beerdigung begleiten. Wenn das ein Lachen ist, dann liegen Ihre Ohren aber nah beieinander.«

»Soll ich hier an Deck denn eine Hornpipe tanzen?«

»Oh bitte, tun Sie es, und ich gehe dann mit Ihrem Hut herum. Damit kriegen wir bestimmt die Kosten für unseren Ausflug wieder herein.«

»Ich habe mich noch nie im Leben besser amüsiert«, erwiderte Winterbourne.

Sie sah ihn einen Augenblick lang an, dann lachte sie wieder vergnügt. »Ich bringe Sie gern dazu, solche Sachen zu sagen. Sie sind eine komische Mixtur!«

Nachdem sie an Land gegangen waren, konnte auch im Schloss nichts die unbeschwerte Eigenständigkeit ihres Temperaments schmälern. Sie spazierte durch die gewölbten Gemächer, raschelte auf den Wendeltreppen mit den Röcken, wich mit einem charmanten kleinen Aufschrei schaudernd vom Abgrund des *oubliette* zurück und lieh ihr außerordentlich wohlgeformtes Ohr allem, was Winterbourne ihr über das Schloss erzählte. Doch er sah, dass die mittelalterliche Geschichte sie kaum interessierte und die düsteren Geister von Chillon nur undeutlich vor ihr aufstanden. Sie hatten das Glück, ohne andere Besucher allein mit ihrem Führer herumgehen zu können; und Winterbourne hatte mit diesem Begleiter vereinbart, dass er sie nicht zur Eile antreiben würde – dass sie stehen bleiben und verweilen dürften, wo immer sie wollten. Der Mann legte die Abmachung großzügig aus – Winterbourne seinerseits war ebenfalls großzügig gewesen – und überließ sie schließlich ziemlich sich selbst. Miss Millers Betrachtungen zeichneten sich nicht durch logische Folgerichtigkeit aus; für alles aber, was sie sagen wollte, fand sie zielsicher einen Vorwand. Sie fand sogar eine ganze Menge in den qualvoll engen Gängen und verwitterten Schießscharten, um ihrem jungen Mann plötzlich Fragen über ihn selbst, seine Familie, seine Vergangenheit, seine Vorlieben, seine Gewohnheiten und seine Absichten zu stellen und auch Auskünfte über sich selbst in den entsprechenden Punkten zu erteilen. Ja, dies reizende Wesen gab nur allzu bereitwillig den genauesten und wirklich vorteilhaftesten Bericht über ihre eigenen Vorlieben, Gewohnheiten und Absichten.

»Also nein, was Sie alles wissen!«, rief sie, nachdem Winterbourne ihr einiges aus der Lebensgeschichte des unglücklichen Bonivard erzählt hatte. »Ich habe noch nie einen Mann gekannt, der so viel wusste!« Die Geschichte Bonivards war offensichtlich, wie man so sagt, in das eine Ohr hinein- und aus dem andern wieder hinausgegangen. Aber diese banale Gelehrsamkeit erschien ihr dennoch wundervoll, und schon bald darauf war es ihr vordringlichster Wunsch, dass Winterbourne mit ihnen reisen und überall »hingehen« möge: dann würden vielleicht auch sie noch etwas lernen. »Wollen Sie nicht mitkommen und Randolph unterrichten?«, fragte sie. »Mit einem Gentleman als Lehrer würde er sich bestimmt viel besser entwickeln.« Winterbourne versicherte ihr, dass nichts ihm größere Freude bereiten könnte, er aber leider andere Verpflichtungen habe. »Andere Verpflichtungen? Ich glaube Ihnen nicht ein Wort!«, protestierte sie. »Was soll das denn heißen? Sie gehen doch keinem Beruf nach.« Der junge Mann gab zu, dass er keinem Beruf nachgehe, aber dennoch habe er Verpflichtungen, die schon in ein, zwei Tagen seine Rückkehr nach Genf erfordern würden. »Ach Unsinn!«, stieß sie hervor. »Das glaube ich nicht!«, und dann begann sie von etwas anderem zu reden. Doch schon einige Augenblicke später, als er sie auf die interessante Form eines alten Kamins hinwies, platzte sie zusammenhanglos heraus: »Soll das etwa heißen, dass Sie nach Genf zurückfahren?«

»Es ist traurig, aber wahr, dass ich morgen dorthin zurückmuss.«

Darauf reagierte sie mit solch einer Vehemenz, dass er sich nur geschmeichelt fühlen konnte. »Also wirklich, Mr Winterbourne, Sie sind ein Scheusal!«

»Oh, sagen Sie doch nicht so schreckliche Dinge!«, bat er ernsthaft – »nicht jetzt noch, zu guter Letzt.«

»Zu *guter* Letzt?«, rief das junge Mädchen. »Ich finde, schlimmer geht's nicht! Ich hätte gut Lust, Sie hier stehen zu lassen und allein ins Hotel zurückzufahren.« Und in den nächsten zehn Minuten tat sie nichts anderes, als ihn ein Scheusal zu nennen. Der arme Winterbourne war ziemlich verwirrt; bisher hatte noch keine junge Dame ihm die Ehre erwiesen, sich bei der Erwähnung seiner privaten Pläne so aufzuregen. Nach diesem Vorfall schenkte seine Begleiterin den Sehenswürdigkeiten von Chillon oder den Schönheiten des Sees keinerlei Aufmerksamkeit mehr; sie eröffnete das Feuer auf die charmante Geheimnisvolle in Genf, die wiederzusehen er sich, was sie augenblicklich als erwiesen voraussetzte, so sehr beeilte. Wie konnte Miss Daisy Miller von dieser Herrin über sein Schicksal in Genf wissen? Winterbourne, der die Existenz einer solchen Person leugnete, konnte es nicht ergründen; und er schwankte zwischen Erstaunen über ihre rasche Eingebung und Belustigung über ihre unverblümte Kritik. Und erneut erschien sie ihm, bei all dem, wie eine außergewöhnliche Mischung aus Unschuld und Unverfrorenheit. »Gesteht sie Ihnen denn nie mehr als drei Tage auf einmal zu?«, wollte Miss Miller spottend wissen. »Gibt sie Ihnen nicht mal im Sommer frei? Es muss doch niemand so schwer schuften, dass er zu dieser Jahreszeit keinen Urlaub kriegt, um irgendwo hinzufahren. Sie kommt vermutlich gleich mit dem Dampfschiff hinter Ihnen her, wenn Sie auch nur einen Tag länger bleiben. Warten Sie doch bis Freitag, dann gehe ich hinunter zum Anlegeplatz, um sie ankommen zu sehen!« Schließlich beschlich sogar ihn das Gefühl, dass er sich geirrt hatte, als er zu Anfang des Ausflugs über die Empfindungen seiner Dame enttäuscht gewesen war. Wenn er die persönliche Note vermisst hatte, so trat diese nun voll in Erscheinung und klang sehr deutlich durch, als sie zum Schluss zu ihm sagte, sie werde aufhören ihn zu »hänseln«, wenn er ihr feierlich verspreche, in diesem Winter nach Rom zu kommen.

»Das zu versprechen fällt mir nicht schwer«, beeilte er sich zu erwidern. »Meine Tante hat ab Januar eine Wohnung in Rom gemietet und mich bereits gebeten, sie besuchen zu kommen.«

»Ich will aber nicht, dass Sie wegen Ihrer Tante kommen«, sagte Daisy; »ich will, dass Sie nur wegen mir kommen.« Und dies war die einzige Anspielung, die er sie je auf seine gehässige Verwandte machen hörte. Er versprach ihr, dass er auf jeden Fall kommen werde, und danach verzichtete sie darauf, ihn zu hänseln. Winterbourne mietete eine Kutsche, und in der Abenddämmerung fuhren sie zurück nach Vevey; das junge Mädchen an seiner Seite, dessen Lebhaftigkeit sich etwas erschöpft hatte, war nun fast schon besorgniserregend still.

Am Abend erzählte er Mrs Costello, dass er den Nachmittag mit Miss Daisy Miller auf Schloss Chillon verbracht habe.

»Meinst du die Amerikaner – die mit dem Reiseführer?«, fragte diese Dame.

»Oh, der Reiseführer ist zum Glück zu Hause geblieben.«

»Sie ist ganz allein mit dir gefahren?«

»Ganz allein.«

Mrs Costello hielt sich das Riechfläschchen unter die Nase. »Und eine solch abscheuliche Person sollte ich kennenlernen!«, rief sie.

III

Winterbourne, der nach seinem Ausflug zum Schloss Chillon nach Genf zurückgekehrt war, fuhr gegen Ende Januar nach Rom. Seine Tante wohnte schon seit einiger Zeit dort, und er hatte zwei charakteristische Briefe von ihr erhalten. »Diese Leute, denen du im letzten Sommer in Vevey so zugetan warst, sind hier aufgetaucht, samt Reiseführer und allem«, schrieb sie. »Sie scheinen einige Bekanntschaften gemacht zu haben, aber der Reiseführer ist immer noch ihr Vertrauter. Die junge Dame steht jedoch auch mit etlichen drittklassigen Italienern auf sehr vertrautem Fuße, mit denen sie auf eine Weise herumzieht, die sie in erhebliches Gerede bringt. Bring mir doch bitte diesen hübschen Roman von Cherbuliez – ›Paule Méré‹ – mit und komm nicht nach dem Dreiundzwanzigsten.«

Unser Freund hätte sich, wenn die Dinge normal verlaufen wären, nach seiner Ankunft sogleich bei dem amerikanischen Bankhaus nach Mrs Millers Adresse erkundigt und Miss Daisy seine Aufwartung gemacht. »Nach dem, was in Vevey geschehen ist, kann ich sie doch bestimmt einfach aufsuchen«, sagte er zu Mrs Costello.

»Wenn du nach all dem, was – in Vevey und sonst wo – geschehen ist, die Bekanntschaft aufrechterhalten willst, bitte schön. Du bist da natürlich nicht wählerisch – ein Mann darf kennen, wen er will. Das ist das Privileg der Männer!«

»Aber was ist denn überhaupt ›geschehen‹ – hier zum Beispiel?«, fragte Winterbourne.

»Nun, das junge Mädchen zieht allein mit ihren zweifellos fragwürdigen Ausländern herum. Auskunft darüber, was sonst noch geschieht, musst du allerdings anderswo einholen. Sie hat ein halbes Dutzend der altbekannten römischen Mitgiftjäger übelster Sorte aufgegabelt und nimmt sie in all die Häuser mit, in die *sie* ihre Nase stecken darf. Wenn sie auf eine Gesellschaft kommt – eine jener Gesellschaften, auf die sie kommen darf –, bringt sie immer irgendeinen Gentleman mit allerlei Manieren und wundersamem Schnurrbart mit.«

»Und wo ist ihre Mutter?«

»Ich habe nicht die leiseste Ahnung. Es sind wirklich ganz schreckliche Leute.«

Winterbourne betrachtete sie einen Augenblick lang in diesem neuen Licht. »Sie sind einfach nur sehr ahnungslos – sehr naiv, und äußerst unkultiviert. Verlass dich auf mein Wort, sie sind nicht ›schlecht‹.«

»Sie sind hoffnungslos vulgär«, sagte Mrs Costello. »Und ob hoffnungslos vulgär nun ›schlecht‹ bedeutet oder nicht, ist eine Frage für die Philosophen. Sie sind jedenfalls schlecht genug, dass es einem die Schamesröte ins Gesicht treibt; und das ist für dieses kurze Leben durchaus genug.«

Die Neuigkeit, dass seine kleine Freundin, das Naturkind vom Schweizer Seeufer, von einem halben Dutzend wundersamer Schnurrbärte umgeben war, dämpfte Winterbournes Verlangen, geradewegs zu ihr zu gehen. Er hatte sich vielleicht nicht unbedingt geschmeichelt, einen unauslöschlichen Eindruck in ihrem Herzen hinterlassen zu haben, doch es verärgerte ihn, von einem Zustand zu hören, der so gar nicht mit dem Bild übereinstimmte, das ihm in letzter Zeit immer wieder durch den Kopf gegangen war; das Bild eines sehr hübschen jungen Mädchens, das aus einem alten römischen Fenster blickte und sich sehnsüchtig fragte, wann Mr Winterbourne denn endlich ankommen werde. Er beschloss, noch ein wenig zu warten, bis er diese junge Dame an sein Anrecht auf ihr getreues Angedenken erinnerte, und ging recht unverzüglich zwei oder drei andere Freunde besuchen. Zu diesen Freunden gehörte eine amerikanische Dame, die einige Winter in Genf verbracht und ihre Kinder dort zur Schule geschickt hatte. Sie war eine sehr kultivierte Dame und wohnte in der Via Gregoriana. Winterbourne traf sie in einem kleinen karmesinroten Salon auf einem dritten Stockwerk an, einem von südlichem Sonnenlicht durchfluteten Raum. Er war noch keine zehn Minuten dort, als der Diener in der Tür erschien und in selbstgefälligem Ton ankündigte: »Madame Mila!« Auf diese Ankündigung hin kam umgehend der kleine Randolph Miller herein, blieb mitten im Raum stehen und starrte Winterbourne an. Gleich darauf überschritt seine hübsche Schwester die Türschwelle; und dann näherte sich, mit beträchtlichem Abstand, langsam die Mutter der beiden.

»Ich weiß, wer Sie sind!«, begann Randolph, ohne zu zögern.

»Du weißt bestimmt eine ganze Menge, da bin ich mir sicher« – und dabei ergriff sein alter Freund ihn sehr interessiert beim Arm. »Wie steht es denn mit deinem Unterricht?«

Daisy wechselte ein paar liebenswürdige Begrüßungsworte mit ihrer Gastgeberin, doch als sie Winterbournes Stimme hörte, drehte sie sich plötzlich mit einem »Na, so was!« nach ihm um, worauf er lächelnd erwiderte: »Ich habe Ihnen doch gesagt, dass ich kommen werde.«

»Und ich habe es nicht geglaubt«, erwiderte sie.

»Na, herzlichen Dank dafür«, sagte der junge Mann lachend.

»Dann hätten Sie mich auch besuchen können«, fuhr Daisy fort, als wären sie in der Woche zuvor auseinandergegangen.

»Ich bin erst gestern angekommen.«

»Ich glaube Ihnen kein Wort!«, erklärte das junge Mädchen erneut.

Winterbourne wandte sich mit einem protestierenden Lächeln an ihre Mutter, doch diese Dame wich seinem Blick aus und heftete, während sie Platz nahm, ihre Augen auf ihren Sohn. »Wir haben viel größere Zimmer als die hier«, platzte Randolph daraufhin heraus. »Und überall Gold an den Wänden.«

Mrs Miller, offensichtlich eine größere Fatalistin als je zuvor, rutschte verlegen in ihrem Sessel herum. »Ich habe es dir ja gleich gesagt, wenn ich dich mitnehme, kannst du deinen Mund wieder nicht halten!«, sagte sie zugunsten all jener Anwesenden, die es hören mochten.

»Ich hab's *dir* gesagt!«, erwiderte Randolph. »Und *Ihnen* sag' ich's auch, Sir«, fügte er übermütig hinzu und schlug Winterbourne aufs Knie. »Unsere sind *viel* größer!«

Weil Daisy immer noch mit ihrer Gastgeberin plauderte, hielt Winterbourne es für angebracht, ein paar Worte an ihre

Mutter zu richten – so etwas wie: »Ich hoffe, es ist Ihnen gutgegangen, seit wir uns in Vevey verabschiedet haben.«

Jetzt sah Mrs Miller ihn zweifellos an – sein Kinn zumindest. »Nicht allzu gut, Sir«, antwortete sie.

»Sie hat Verdauungsstörungen«, sagte Randolph. »Und ich auch. Bei Vater ist's ganz schlimm. Aber bei mir noch viel schlimmer!«

Diese Verlautbarung, die Mrs Miller eigentlich hätte peinlich sein müssen, schien sie eher zu beruhigen, denn nun tat sich ein Feld auf, mit dem sie bestens vertraut war. »Ich habe ein Leberleiden«, klagte sie Winterbourne liebenswürdig ihr Leid. »Ich glaube, es liegt am Klima; es ist nicht so stärkend wie in Schenectady, vor allem nicht im Winter. Ich weiß gar nicht, ob Sie wissen, dass wir in Schenectady wohnen. Wie ich schon zu Daisy gesagt habe, ich kann hier einfach niemanden wie Dr. Davis finden, aber das habe ich auch gar nicht erwartet. Oh, in Schenectady ist er der Beste; Dr. Davis wird über alles geschätzt. Er hat so viel zu tun, und doch gibt es nichts, das er für mich nicht tun würde. Er hat gesagt, solche Verdauungsstörungen wie meine hat er noch nie gesehen, aber er war entschlossen, mich zu kurieren. Ich bin sicher, dass er nichts unversucht lassen würde, und ich habe alles über mich ergehen lassen, wenn es mir nur Erleichterung brachte. Er wollte gerade etwas Neues ausprobieren, und ich konnte es kaum erwarten, aber da mussten wir aufbrechen. Mr Miller wollte unbedingt, dass Daisy Europa mit eigenen Augen sieht. Aber neulich musste ich ihm einfach schreiben, dass es ja bestimmt alles sehr schön ist für Daisy, aber dass ich *überhaupt* nicht mehr weiß, wie ich ohne Dr. Davis noch länger zurechtkommen soll. In Schenectady steht er ganz oben an der Spitze; und dort gibt es wirklich jede Menge Krankheiten. Es beeinträchtigt meinen Schlaf.«

Winterbourne tauschte sich mit Dr. Davis' Patientin über eine Vielzahl von Krankengeschichten aus, während Daisy unentwegt mit ihrer eigenen Gesprächspartnerin plauderte. Der junge Mann fragte Mrs Miller, wie ihr Rom gefalle. »Also, ich muss sagen, ich bin enttäuscht«, gestand sie ein. »Wir hatten so viel darüber gehört – wahrscheinlich zu viel. Aber wir können nichts dafür. Wir hatten nur einfach etwas ganz anderes erwartet.«

Winterbourne bemühte sich jedoch, sie zu trösten. »Oh, warten Sie nur ein Weilchen, dann wird es Ihnen sehr gut gefallen.«

»Ich hass' es jeden Tag noch viel mehr!«, rief Randolph.

»Dann bist du wohl so ein Kind, wie Hannibal eins war«, sagte sein Freund lachend.

»Bin ich nicht – und erst recht kein Kind!«, erklärte Randolph auf gut Glück.

»Das stimmt – und das warst du auch *nie!*«, bestätigte seine Mutter. »Aber wir haben Städte gesehen«, fuhr sie fort, »die ich Rom bei Weitem vorziehe.« Und als Antwort auf Winterbournes Nachfrage führte sie an: »Nun, Zürich zum Beispiel – dort oben in den Bergen. Zürich finde ich ganz wunderbar, und dabei hatten wir nicht halb so viel darüber gehört.«

»Die beste Stadt, die wir jemals gesehen haben, ist die Richmond!«, sagte Randolph.

»Er meint die ›City of Richmond‹«, erklärte Mrs Miller,

»das Schiff, auf dem wir den Atlantik überquert haben. Randolph hatte viel Spaß dort an Bord.«

»Die beste Stadt, in der *ich* jemals war«, wiederholte der Junge. »Bloß in der falschen Richtung unterwegs.«

»Eines Tages fahren wir auch wieder in die richtige Richtung«, sagte Mrs Miller mit bemühtem, aber dennoch vorhandenem Optimismus. Winterbourne gab seiner Hoffnung Ausdruck, dass die so mannigfaltigen Reize Roms doch zumindest ihrer Tochter gefallen mögen, und sie versicherte fast lebhaft, dass Daisy ganz hingerissen sei. »Das liegt an der Gesellschaft – die Gesellschaft hier ist großartig. Sie geht überall hin und hat sehr viele Bekanntschaften geschlossen. Natürlich geht sie mehr aus als ich. Ich muss wirklich sagen, die Leute sind alle sehr nett – und haben sie mit offenen Armen aufgenommen. Und dann kennt sie auch so viele Gentlemen. Oh, sie findet, dass es nichts Besseres gibt als Rom. Es ist natürlich auch viel amüsanter für eine junge Dame, wenn sie viele Gentlemen kennt.«

Unterdessen hatte Daisy ihre Aufmerksamkeit Winterbourne wieder zugewandt, aber auf dieselbe freimütige Weise: »Ich habe Mrs Walker gerade erzählt, wie gemein Sie waren!«

»Und welchen Beweis haben Sie ihr vorgelegt?«, fragte er, trotz all seiner souveränen Galanterie ein wenig aus der Fassung über die unangemessene Würdigung des Eifers eines Verehrers, der auf seinem Weg nach Rom weder in Bologna noch in Florenz haltgemacht hatte, nur weil seine reiche Einbildungskraft, um nicht zu sagen seine feinsinnigste Neugier durch einen gewissen süßen Appell angeregt waren. Er erinnerte sich, dass ein zynischer Landsmann einmal zu ihm gesagt hatte, dass Amerikanerinnen – die hübschen, und das verlieh der These Gewicht – die Frauen mit den höchsten Ansprüchen auf der Welt seien, sich anderen jedoch zugleich am wenigsten verpflichtet fühlten.

»Aber Sie waren doch furchtbar gemein in Vevey«, sagte Daisy. »Sie haben mir fast alles abgeschlagen. Sie sind ja nicht einmal geblieben, als ich Sie darum bat.«

»Meine liebe junge Dame«, rief Winterbourne mit wohlwollender Leidenschaft, »bin ich etwa den ganzen Weg nach Rom gekommen, nur um mich von Ihren silbernen Pfeilen durchbohren zu lassen?«

»Jetzt hören Sie sich das nur an!« – und dabei zupfte sie liebevoll eine Schleife am Kleid ihrer Gastgeberin zurecht. »Haben Sie schon mal so etwas Ulkiges gehört?«

»So etwas ›Ulkiges‹, meine Liebe«, wiederholte Mrs Walker in kritischem Tonfall – ganz so, als ob sie sich auf Winterbournes Seite stellte.

»Ach, ich weiß auch nicht« – das junge Mädchen spielte weiter an den Schleifen ihrer Gastgeberin herum. »Mrs Walker, ich möchte Ihnen etwas sagen.«

»Du, Mutterrr«, warf Randolph mit seiner harten Betonung der Endsilben ein. »Ich glaub', wir müssen gehen. Sonst schimpft Eugenio!«

»Ich habe keine Angst vor Eugenio«, sagte Daisy und warf den Kopf zurück. »Also, Mrs Walker«, fuhr sie fort, »Sie wissen doch, dass ich zu Ihrer Gesellschaft komme.«

»Es freut mich, das zu hören.«

»Ich habe auch schon ein wunderschönes Kleid.«

»Davon bin ich überzeugt.«

»Aber ich möchte Sie um einen Gefallen bitten – um die Erlaubnis, einen Freund mitzubringen.«

»Es wird mir eine Freude sein, Freunde von Ihnen zu begrüßen«, sagte Mrs Walker und drehte sich mit einem Lächeln zu Mrs Miller um.

»Oh nein, meine Freunde sind das nicht«, rief diese Dame schüchtern abwehrend. »Mich mögen sie anscheinend nicht – ich habe noch nie mit einem von ihnen ein Wort gewechselt!«

»Es ist ein guter Freund von mir, Mr Giovanelli«, fuhr Daisy fort, ohne dass ihre klare junge Stimme erzitterte oder ein Schatten über ihr blühendes Gesicht huschte.

Mrs Walker zögerte kurz und warf Winterbourne einen raschen Blick zu. »Es wird mir eine Freude sein, Mr Giovanelli zu begrüßen«, erwiderte sie dann.

»Er ist einfach einer der besten Italiener«, fuhr Daisy mit der charmantesten Gelassenheit fort. »Ein richtig guter Freund von mir und der schönste Mann der Welt – abgesehen von Mr Winterbourne! Er kennt jede Menge Italiener, aber er möchte gern ein paar Amerikaner kennenlernen. Er scheint geradezu für Amerikaner zu schwärmen. Er ist unheimlich klug. Und äußerst liebenswürdig!«

Damit war abgemacht, dass dieses Musterexemplar auf Mrs Walkers Gesellschaft kommen würde, und danach machte Mrs Miller sich zum Aufbruch bereit. »Ich glaube, wir fahren direkt nach Hause«, sagte sie und bewies damit einmal mehr ihren völligen Mangel an Fantasie.

»Du kannst ja nach Hause fahren, Mutter«, erwiderte Daisy, »aber ich gehe noch ein wenig spazieren.«

»Sie will mit Mr Giovanelli spazieren gehen«, bemerkte Randolph seelenruhig.

»Ich will auf dem Pincio spazieren gehen«, sagte Daisy einlenkend lächelnd, und die Art, wie sie so etwas einfach stillschweigend duldete, brachte Winterbournes Herz beinah zum Schmelzen.

»Allein, meine Liebe – zu dieser Stunde?«, fragte Mrs Walker. Der Nachmittag neigte sich dem Ende – es war die Stunde, da sich Kutschen und flanierende Fußgänger in den Straßen drängten. »Das halte ich für unklug, Daisy«, sagte ihre Gastgeberin mit Nachdruck.

»Ich auch«, fühlte Mrs Miller sich daraufhin ermutigt anzumerken. »Du holst dir noch das Fieber, so wahr du lebst. Denk an das, was Dr. Davis dir gesagt hat!«

»Gib ihr doch was von der Medizin, bevor sie losgeht«, schlug Randolph vor.

Alle Anwesenden hatten sich erhoben; Daisy beugte sich, immer noch reizend lächelnd, vor und gab ihrer Gastgeberin einen Kuss. »Mrs Walker, Sie machen sich zu viele Sorgen«, sagte sie einfach nur. »Ich gehe ja nicht allein spazieren, ich treffe mich mit einem Freund.«

»Dein Freund kann dich auch nicht beschützen vor dem Fieber, selbst wenn er der geborene Beschützer ist«, stellte Mrs Miller fest.

»Ist es etwa Mr Giovanelli, der diese gefährliche Anziehungskraft ausübt?«, fragte Mrs Walker erbarmungslos.

Winterbourne betrachtete das kritisierte junge Mädchen; bei dieser Frage schärfte sich seine Aufmerksamkeit. Sie stand lächelnd da, strich ihre Hutbänder glatt und warf Mr Winterbourne einen Blick zu. Und während sie ihn noch ansah und lächelte, erwiderte sie plötzlich mit großem Nachdruck und ohne den Anflug eines Zögerns: »Mr Giovanelli – der schöne Mr Giovanelli.«

»Meine liebe junge Freundin« – und nun ergriff Mrs Walker ihre Hand und verlegte sich aufs Bitten – »gehen Sie doch zu dieser Stunde nicht mehr auf den Pincio, nur um einen schönen Italiener zu treffen.«

»Er spricht allerdings hervorragend Englisch«, warf Mrs Miller zusammenhanglos ein.

»Du meine Güte«, meldete Daisy sich zu Wort, »ich will doch nichts tun, was meiner Gesundheit schaden könnte – oder gar meinem Charakter! Es gibt einen ganz einfachen Weg, das zu lösen.« Ihr Blick wanderte immer noch über Winterbourne. »Der Pincio ist nur hundert Meter von hier entfernt, und wenn Mr Winterbourne so höflich wäre, wie er immer tut, dann würde er mir anbieten, mich dorthin zu begleiten!«

Da beeilte Winterbournes Höflichkeit sich, zum Vorschein zu treten, und das junge Mädchen erlaubte ihm gnädig, sie zu begleiten. Sie gingen noch vor ihrer Mutter die Treppe hinab, und vor der Tür sah er Mrs Millers Kutsche mit dem herausgeputzten Reiseführer darin, dessen Bekanntschaft er schon in Vevey gemacht hatte. »Auf Wiedersehen, Eugenio«, rief Daisy. »Ich mache noch einen Spaziergang!« Der Weg von der Via Gregoriana bis zu den schönen Gärten am anderen Ende des Pincio-Hügels ist tatsächlich rasch zurückgelegt. Weil der Tag aber so herrlich und das Gedränge von Kutschen, Fußgängern und Flaneuren so groß war, kamen die jungen Amerikaner nur sehr allmählich voran. Ein Umstand, der Winterbourne ausgesprochen gut gefiel, auch wenn ihm seine eigentümliche Situation nur allzu bewusst war. Die langsam dahinschlendernden, müßig umherblickenden Römer schenkten der außergewöhnlich hübschen, englischsprechenden jungen Frau viel Aufmerksamkeit, die sich mit einiger Mühe an seinem Arm durch die Menge hindurchschob; und er fragte sich, was um Himmels willen Daisy sich dabei gedacht haben mochte, als sie sich schutzlos diesen Blicken aussetzen wollte. Seine Aufgabe bestand, ihrer Meinung nach, offenbar darin, sie in Mr Giovanellis Hände zu übergeben; doch er beschloss, voll Unwillen und Genugtuung zugleich, nichts dergleichen zu tun.

»Warum haben Sie mich eigentlich nicht besucht?«, fragte sie unterdessen. »Um die Frage kommen Sie nicht herum.«

»Ich hatte bereits die Ehre, Ihnen zu sagen, dass ich eben erst aus dem Zug gestiegen bin.«

»Dann müssen Sie aber noch eine ganze Weile im Zug sitzen geblieben sein, nachdem er angehalten hatte!«, rief sie spöttisch. »Da haben Sie wohl geschlafen. Sie hatten doch auch Zeit, Mrs Walker zu besuchen.«

»Ich kenne Mrs Walker aus –«, begann Winterbourne zu erklären.

»Ich weiß, woher Sie sie kennen. Sie kennen sie aus Genf. Das hat sie mir erzählt. Und mich kennen Sie aus Vevey. Das ist doch genauso gut. Also hätten Sie mich auch besuchen können.« Weitere Fragen stellte sie ihm nicht, stattdessen begann sie über ihre eigenen Angelegenheiten zu plaudern. »Wir haben herrliche Zimmer im Hotel; Eugenio sagt, es sind die besten in Rom. Und wir werden den ganzen Winter bleiben – wenn wir nicht an dem Fieber sterben; aber dann bleiben wir wahrscheinlich erst recht! Ach, es ist so viel schöner, als ich dachte; ich dachte nämlich, es wäre furchtbar ruhig hier – eigentlich dachte ich sogar, es wäre todlangweilig. Ich sah uns schon die ganze Zeit mit einem dieser schrecklichen alten Männer herumgehen, die einem die Gemälde und solche Sachen erklären. Aber das haben wir nur eine Woche lang gemacht, und jetzt amüsiere ich mich. Ich kenne schon unheimlich viele Leute, und sie sind alle so reizend. Eine richtig erlesene Gesellschaft. Und es sind alle möglichen darunter – Engländer, Deutsche, Italiener. Ich glaube, die Engländer gefallen mir am besten. Ich mag die Art, wie sie Konversation machen. Aber es gibt auch ein paar charmante Amerikaner. Ich habe noch nie solch eine Gastfreundschaft erlebt. Jeden Tag ist etwas los. Es wird nicht viel getanzt – aber ich muss sagen, Tanzen hat mir sowieso nie viel bedeutet. Ich habe schon immer viel lieber Konversation gemacht. Und dazu werde ich auf Mrs Walkers Gesellschaft bestimmt viel Gelegenheit haben – ihre Räume sind ja so klein.« Als sie das Eingangstor zu den Pincio-Gärten hinter sich gelassen hatten, begann Miss Miller sich zu fragen, wo Mr Giovanelli wohl sein könnte. »Wir gehen am besten gleich zu der Aussichtsterrasse vor, von der man so einen schönen Blick auf die Stadt hat.«

Bei diesen Worten blieb Winterbourne stehen. »Ich werde Ihnen ganz bestimmt nicht helfen, ihn zu suchen.«

»Dann suche ich ihn eben ohne Sie«, sagte Daisy mutig.

»Aber Sie können mich doch nicht einfach stehen lassen!«, protestierte er.

Sie brach in ihr vertrautes kurzes Gelächter aus. »Haben

Sie etwa Angst, sich zu verlaufen – oder überfahren zu werden? Aber da ist Giovanelli ja. Er lehnt an dem Baum dort und schaut sich die Frauen in den Kutschen an: haben Sie schon mal so etwas Dreistes gesehen?«

Winterbourne erspähte daraufhin in einiger Entfernung eine kleine Gestalt, die mit verschränkten Armen einen Spazierstock an sich gedrückt hielt. Über dem schönen Gesicht balancierte ein kunstvoll aufgesetzter Hut, in einem Auge steckte ein Monokel und in dem Knopfloch ein Sträußchen. Daisys Freund musterte den Anblick kurz und sagte dann: »Haben Sie etwa vor, mit diesem Individuum zu sprechen?«

»Ob ich vorhabe, mit ihm zu sprechen? Ja, Sie glauben doch wohl nicht, dass ich mich durch Zeichen mit ihm verständige!«

»Dann haben Sie bitte Verständnis dafür«, erwiderte der junge Mann, »dass ich beabsichtige, bei Ihnen zu bleiben.«

Daisy blieb stehen und sah ihn ohne einen Anflug von Verwirrung an, da war nichts anderes in ihrem Gesicht als nur ihre reizenden Augen, ihr reizendes Lächeln und ihre fröhlichen Grübchen. »Na, sie ist ja ziemlich dreist!«, dachte er.

»Mir gefällt nicht, wie Sie das ausdrücken«, erklärte sie. »Es ist mir zu anmaßend.«

»Bitte verzeihen Sie, wenn ich mich falsch ausgedrückt habe. Es geht mir nur darum, Ihnen zu vermitteln, was ich denke.«

Das junge Mädchen sah ihn mit einem ernsteren Ausdruck an, doch aus Augen, die hübscher waren denn je. »Ich habe einem Gentleman noch nie erlaubt, mir etwas vorzuschreiben oder sich in irgendetwas einzumischen, das ich tue.«

»Und genau darin liegt Ihr Fehler, glaube ich«, gab er zurück. »Manchmal sollten Sie auf einen Gentleman hören – auf den richtigen.«

Jetzt begann sie wieder zu lachen. »Ich tue doch nichts anderes, als auf Gentlemen zu hören! Sagen Sie mir also, ob Mr Giovanelli der richtige ist.«

Der Gentleman mit dem Sträußchen im Knopfloch hatte unsere beiden Freunde unterdessen entdeckt und eilte Miss Miller ergeben entgegen. Er verbeugte sich vor Winterbourne ebenso wie vor der Landsmännin des Letzteren und schien mit seiner geckenhaften Art den Wunsch zu gefallen und eine Art kluger Selbstgefälligkeit geradezu auszustrahlen, auch wenn er Winterbournes Meinung nach gar nicht mal so übel aussah. Aber er sagte dennoch zu Daisy: »Nein, er ist nicht der richtige.«

Sie hatte ganz zweifellos die natürliche Gabe, Menschen einander formlos vorzustellen; mit der unbefangensten Anmut nannte sie ihren Begleitern den Namen des jeweils anderen. Und dann spazierte sie mit einem von ihnen an jeder Seite weiter; Mr Giovanelli, der sehr gewandt Englisch sprach – Winterbourne erfuhr später, dass er seine Sprachfertigkeit an unzähligen amerikanischen Erbinnen geschult hatte –, erzählte ihr eine Menge äußerst galanten Unsinn. Er hatte die allerbesten Manieren, und der junge Amerikaner, der gar nichts sagte, dachte über diese tiefgründige italienische Raffinesse nach, die in einem so seltsamen Gegensatz zur angelsächsischen Schlichtheit steht und es den Menschen ermöglicht, nach außen umso liebenswürdiger zu erscheinen, je enttäuschter sie sind. Denn Giovanelli hatte natürlich auf eine traulichere Begegnung gehofft – er war nicht auf eine Partie zu dritt gefasst gewesen; doch er verbarg seinen Unmut auf eine Weise, die auf weitreichende Absichten schließen ließ. Winterbourne schmeichelte sich, ihn durchschaut zu haben. »Der ist alles andere als ein Gentleman«, sagte sich der junge Amerikaner; »er ist ja nicht einmal ein sehr glaubwürdiges Imitat eines solchen. Ein Musiklehrer oder ein Zeilenschinder wird er sein, oder irgend so ein drittklassiger Künstler. Er tut furchtbar vornehm, aber zum Teufel mit seinen schönen Augen!« Mr Giovanelli hatte tatsächlich große Vorzüge; doch es war zutiefst empörend für Daisys anderen Freund, dass sich nicht irgendetwas in ihr instinktiv gegen einen solchen Typus gewandt hatte. Giovanelli plauderte und scherzte und gab sich nach seinem aufrichtigsten römischen Wissen und Gewissen liebenswürdig. Wenn es wirklich stimmte, dass er ein Imitat war, so war das Imitat gut gemacht. »Trotzdem«, sagte Winterbourne zu sich selbst, »ein anständiges junges Mädchen müsste so etwas doch erkennen!« Und damit kam er wieder auf die furchtbare Frage zurück, ob sie tatsächlich ein anständiges junges Mädchen war. Würde ein anständiges junges Mädchen – selbst wenn man zugestand, dass sie eine kleine, gern flirtende Amerikanerin war – ein Rendezvous mit einem doch höchstwahrscheinlich vulgären Ausländer verabreden? Das Rendezvous fand in diesem Fall zwar am helllichten Tag und in einer der belebtesten Ecken Roms statt; aber konnte man in der Wahl gerade dieser Umstände nicht einen viel stärkeren Beweis für Vulgarität als für irgendetwas anderes sehen? So eigenartig es auch erscheinen mag, Winterbourne ärgerte sich, dass sich das junge Mädchen bei dieser Zusammenkunft mit ihrem *amoroso* nicht stärker durch seine eigene Anwesenheit gestört fühlte, und es war gerade seine Neigung, die er in diesen Dingen verspürte, die ihn ärgerte. Es war unmöglich, sie als eine gänzlich makellose Blume zu betrachten – es mangelte ihr an einer gewissen unerlässlichen Vornehmheit; und deshalb hätte es die Situation sehr vereinfacht, wenn er sie als eine jener fleischgewordenen Heimsuchungen hätte einordnen können, die den Romanciers als »ungezügelte Leidenschaft« bekannt war. Hätte sie den Wunsch erkennen lassen, ihn loszuwerden, so hätte ihm das geholfen, sie kritischer zu betrachten, und hätte er sie kritischer betrachten können, so hätte sie ihn nicht so verwirrt. Jedenfalls erwies sich Daisy auch bei dieser Gelegenheit wieder als eine unergründliche Mischung aus Unverfrorenheit und Unschuld.

Sie spazierte schon eine Viertelstunde lang, begleitet von ihren beiden Kavalieren, dahin und antwortete mit sehr kindischer Fröhlichkeit, wie es zumindest einem von ihnen schien, auf die schönen Reden des anderen, als eine Kutsche aus der im Kreis fahrenden Kolonne von Wagen ausscherte und am Wegesrand neben ihnen anhielt. In demselben Augenblick bemerkte Winterbourne, dass seine Freundin Mrs Walker – die Dame, deren Haus er vorhin erst verlassen hatte – in dem Gefährt saß und ihn heranwinkte. Er verließ Miss Millers Seite und beeilte sich, ihrer Aufforderung nachzukommen – und das alles nur, um sie rot im Gesicht, aufgeregt und schockiert anzutreffen. »Wie schrecklich, das geht wirklich zu weit« – appellierte sie ernsthaft an ihn. »So etwas darf dieses verrückte Mädchen nicht machen. Sie kann hier doch nicht einfach mit zwei Männern herumspazieren. Das haben doch schon fünfzig Leute gesehen.«

Winterbourne – mit einem Mal seltsamerweise aufgebracht über diese Worte – hob gravitätisch die Augenbrauen. »Ich finde es bedauerlich, dass so ein Aufhebens davon gemacht wird.«

»Es ist bedauerlich, mitanzusehen, wie das Mädchen sich selbst ruiniert!«

»Sie ist einfach sehr naiv«, entgegnete er aus eigener besorgter Anteilnahme.

»Sie ist sehr leichtsinnig«, rief Mrs Walker, »und weiß der Himmel, wie weit all das – wenn man sie denn gewähren lässt – noch gehen mag. Haben Sie schon jemals«, fragte sie weiter, »etwas so himmelschreiend Törichtes erlebt wie diese Mutter? Nachdem Sie alle vorhin gegangen waren, konnte ich nicht mehr länger still dasitzen und darüber nachdenken. Es wäre doch eine Schande, wenn man nicht wenigstens versuchen würde, sie zu retten. Ich habe die Kutsche bestellt, meinen Hut aufgesetzt und bin so schnell wie möglich hierhergekommen. Gott sei Dank habe ich Sie gefunden!«

»Und was haben Sie nun mit uns vor?«, fragte Winterbourne mit einem verlegenen Lächeln.

»Das Mädchen zu bitten, einzusteigen, eine halbe Stunde mit ihr hier herumzufahren – damit die Welt sieht, dass sie nicht vollkommen sich selbst überlassen ist – und sie dann sicher nach Hause zu bringen.«

»Das halte ich für keine sehr aussichtsreiche Idee«, sagte er nach kurzem Nachdenken, »aber Sie können es ja immerhin versuchen.«

Und Mrs Walker versuchte es. Der junge Mann ging ihrer gemeinsamen jungen Freundin nach, die ihrer in der Kutsche sitzenden Gastgeberin vom Nachmittag aus der Entfernung einfach nur lächelnd zugenickt hatte und dann mit ihrem eigenen Begleiter ihres Weges gegangen war. Als sie nun erfuhr, dass Mrs Walker ihretwegen gekommen war, kam sie jedoch mit größter Bereitwilligkeit und mit Mr Giovanelli an der Seite noch einmal zurück. Sie sei »entzückt«, sagte sie, über die Gelegenheit, diesen Gentleman ihrer guten Freundin vorstellen zu können, und das tat sie dann auch sogleich; und noch im selben Atemzug rief sie, so als wäre es von genauso geringer Bedeutung, dass sie noch nie in ihrem Leben etwas so Wunderschönes wie die Kutschendecke dieser Dame gesehen habe.

»Es freut mich, dass sie Ihnen gefällt«, sagte ihre arme Retterin liebenswürdig lächelnd. »Steigen Sie doch ein, dann decke ich Sie damit zu!«

»Oh nein, danke!« – Daisy wusste, was sie wollte. »Ich werde sie dafür umso mehr bewundern, wenn ich Sie damit herumfahren sehe.«

»Steigen Sie doch ein und fahren Sie *mit* mir herum«, bat Mrs Walker.

»Das wäre reizend, aber so finde ich es ganz genauso bezaubernd!« – und dabei warf das junge Mädchen den beiden Gentlemen zu ihren Seiten einen strahlenden Blick zu.

»Es mag bezaubernd sein, mein liebes Kind, aber so etwas ist hier nicht üblich«, mahnte die Dame in der Viktoria und beugte sich mit inbrünstig gefalteten Händen in der Kutsche vor.

»Das sollte es aber!« Daisy lachte unbeeindruckt. »Wenn ich nicht spazieren gehen könnte, würde ich eingehen wie eine Primel.«

»Sie sollten mit Ihrer Mutter spazieren gehen, meine Liebe«, rief Mrs Walker, die langsam die Geduld verlor.

»Mit meiner Mutter, meine Liebe?«, wiederholte das junge Mädchen amüsiert. »Meine Mutter ist in ihrem ganzen Leben keine zehn Schritte zu Fuß gegangen. Und außerdem«, fügte sie ungerührt hinzu, »bin ich schon über fünf Jahre alt.«

»Sie sind alt genug, um vernünftiger zu sein. Sie sind alt genug, liebe Miss Miller, um ins Gerede zu kommen.«

Daisy war über die Maßen erstaunt. »Ins Gerede? Was meinen Sie damit?«

»Steigen Sie in die Kutsche ein, und ich erzähle es Ihnen.«

Daisy sah noch einmal mit strahlendem Blick von dem einen Gentleman neben ihr zu dem anderen. Mr Giovanelli verbeugte sich in einem fort und strich, unbekümmert lachend, seine Handschuhe glatt; Winterbourne fand die ganze Szene höchst unerfreulich. »Ach, ich glaube, ich will gar nicht wissen, was Sie damit meinen«, sagte das junge Mädchen schließlich. »Es würde mir sowieso nicht gefallen, glaube ich.«

Winterbourne wünschte sich nur noch, Mrs Walker möge die Kutschendecke wieder über ihre Knie ziehen und davonfahren; doch diese Dame hatte, wie sie ihm später erzählte, das Gefühl, dass sie es nicht »dabei belassen« konnte. »Dann wollen Sie also lieber für ein sehr leichtsinniges junges Mädchen gehalten werden?«, fragte sie deshalb.

»Du meine Güte!«, rief Daisy aus. Sie sah noch einmal Mr Giovanelli an, und dann drehte sie sich zu ihrem anderen Begleiter um. Auf ihren Wangen lag ein leichter Hauch von Röte, der sie ungemein hübsch aussehen ließ. »Ist Mr Winterbourne denn der Meinung«, wandte sie sich mit einem herrlich flammenden Appell an ihn, »dass ich – um meinen guten Ruf zu retten – in die Kutsche einsteigen sollte?«

Das war ihm nun wirklich peinlich; einen Augenblick lang fehlten ihm regelrecht die Worte – so seltsam war es, sie auf diese Weise von ihrem »guten Ruf« sprechen zu hören. Aber er selbst musste natürlich auf höfliche Art antworten. Die tapferste Höflichkeit hier war sicher, ihr einfach die Wahrheit zu sagen; und die Wahrheit war für unseren jungen Mann die, wie der Leser durch die gelegentlichen Hinweise, die ich geben konnte, bereits weiß, dass seine reizende Freundin auf die Stimme der kultivierten Gesellschaft hören sollte. Noch einmal nahm er ihre außerordentliche Schönheit in sich auf und sagte dann umso bestimmter: »Ich finde, Sie sollten in die Kutsche einsteigen.«

Daisy ließ ihrer Belustigung freien Lauf. »So etwas Steifes habe ich ja wohl noch nie gehört! Wenn das hier unanständig ist, Mrs Walker«, fuhr sie fort, »dann bin ich *durch und durch* unanständig und Sie sollten mich am besten gleich ganz aufgeben. Auf Wiedersehen. Ich wünsche Ihnen noch eine schöne Fahrt!« – und dann ging sie zusammen mit Mr Giovanelli, der einen triumphierend unterwürfigen Gruß vollführte, davon.

Mrs Walker saß da und blickte ihr nach, und es standen Tränen in Mrs Walkers Augen. »Steigen Sie ein, Sir«, sagte sie zu Mr Winterbourne und deutete auf den Sitzplatz neben sich. Der junge Mann erwiderte, dass er sich verpflichtet fühle, Miss Miller zu begleiten; woraufhin die Dame in der Viktoria erklärte, dass sie nie wieder ein Wort mit ihm sprechen werde, wenn er ihr diesen Gefallen abschlage. Sie war ganz offensichtlich aufgebracht. Also beeilte er sich, Daisy und ihren treueren Verbündeten einzuholen, und sagte ihr, als er ihr die Hand reichte, dass Mrs Walker strikt auf seine Begleitung bestehe. Er hatte eine sehr freimütige Antwort von ihr erwartet, eine, die typisch gewesen wäre für die Verderbtheit, von der die Stimme der Gesellschaft, in Gestalt ihrer gemeinsamen erschütterten Freundin, sie so entschieden hatte abbringen wollen. Doch sie löste ihre Hand einfach nur wieder aus seinem etwas unbeholfenen Griff und schenkte ihm kaum einen Blick dabei; während Mr Giovanelli es nur noch schlimmer machte, indem er sich mit einem viel zu übertriebenen Schwenken seines Hutes von ihm verabschiedete.

Winterbourne war nicht in allerbester Laune, als er neben Mrs Walker, die ihn zu diesem Opfer zwang, in der Viktoria Platz nahm. »Das war nicht allzu geschickt von Ihnen«, sagte er geradeheraus, als sich der Wagen wieder in die Kolonne der Kutschen einfädelte.

»In solch einem Fall«, erwiderte seine Begleiterin, »will ich gar nicht geschickt sein – da will ich nur *ehrlich* sein!«

»Ihre Ehrlichkeit hat das merkwürdige kleine Geschöpf aber nur gekränkt – nur vollends abgeschreckt.«

»Das war schon richtig so« – Mrs Walker war zufrieden mit ihrem Werk. »Wenn sie so wild entschlossen ist, sich zu kompromittieren, dann ist es besser, man weiß so bald wie möglich davon – damit man sich dementsprechend verhalten kann.«

»Ich glaube nicht, dass sie es böse gemeint hat«, gab Winterbourne wohlüberlegt zu bedenken.

»Das habe ich vor einem Monat auch noch geglaubt. Aber nun ist sie zu weit gegangen.«

»Was hat sie denn getan?«

»Alles, was man hier nicht tut. Sie flirtet mit jedem Mann, dem sie begegnet; sie sitzt mit obskuren Italienern in Ecken herum; sie tanzt den ganzen Abend lang mit ein und demselben Partner; sie empfängt um elf Uhr abends Besuch. Und ihre Mutter löst sich jedes Mal in Luft auf, wenn die Besucher kommen.«

»Aber ihr Bruder«, sagte Winterbourne lachend, »ist doch immer bis zwei Uhr nachts auf.«

»Der muss ja entzückt sein von dem, was er da zu sehen bekommt. Mir wurde erzählt, dass in ihrem Hotel schon alle über sie reden und die Bediensteten reihum zu grinsen anfangen, wenn ein Gentleman nach Miss Miller fragt.«

»Ach, die Hotelbediensteten zählen doch gar nicht!«, bemerkte Winterbourne mitfühlend und fügte gleich darauf hinzu: »Der einzige Fehler des armen Mädchens ist ihr vollständiger Mangel an Bildung und Erziehung.«

»Sie ist von Natur aus taktlos«, versuchte Mrs Walker ihre Argumentation zu stützen. »Nehmen Sie doch nur das Beispiel von heute Nachmittag. Wie lange haben Sie sie in Vevey gekannt?«

»Ein paar Tage.«

»Und nun denken Sie noch einmal darüber nach, von wie viel Taktgefühl es zeugt, wenn sie Ihre Abreise von dort dann zu einer persönlichen Angelegenheit macht!«

Er gab zu, dass Taktgefühl nicht gerade die Stärke der Millers war – und danach schwieg er eine Weile; aber nur, um schließlich hinzuzufügen: »Ich vermute, Mrs Walker, dass wir, Sie und ich, einfach schon zu lange in Genf leben!« Und dann merkte er noch an, dass er gern erfahren würde, aus welchem Grund genau sie ihn eigentlich in die Kutsche gebeten habe.

»Ich wollte Ihnen eindringlich vor Augen führen, wie wichtig es ist, dass Sie Ihre Beziehungen zu Miss Miller beenden; dass Sie nicht mehr mit ihr flirten; dass Sie ihr keine weitere Gelegenheit geben, sich bloßzustellen; dass Sie sich, kurz gesagt, nicht mehr um sie kümmern.«

»Ich fürchte, etwas auch nur annähernd so Abgeklärtes wie *das* kann ich nicht tun«, erwiderte er. »Ich mag sie nämlich furchtbar gern.«

»Nur ein Grund mehr, ihr nicht dabei zu helfen, einen Skandal auszulösen.«

»Also den Aufmerksamkeiten, die ich ihr erweise, wird sicher nichts Skandalöses anhaften«, war er bereit zu versprechen.

»Aber bestimmt der Art, wie sie diese aufnimmt. Nun, ich habe gesagt, was ich auf dem Herzen hatte«, fuhr Mrs Walker fort. »Wenn Sie sich der jungen Dame wieder anschließen möchten, dann setze ich Sie ab. Hier wäre übrigens gleich eine Gelegenheit.«

Die Kutsche befand sich auf dem Abschnitt des Pincio-Fahrwegs, der oberhalb der römischen Stadtmauer liegt und einen Blick auf die schöne Villa Borghese gewährt. Er wird von einer breiten Brüstung begrenzt, in deren Nähe mehrere Bänke stehen. Auf einer davon saßen, in einiger Entfernung, ein Gentleman und eine Dame, zu denen Mrs Walker mit einer Kopfbewegung hindeutete. In ebendiesem Augenblick standen diese Personen auf und gingen zu der Brüstung. Winterbourne hatte den Kutscher gebeten anzuhalten; jetzt stieg er aus dem Wagen aus. Seine Begleiterin sah ihn noch einen Moment lang schweigend an, und dann fuhr sie, während er den Hut zog, in majestätischer Haltung davon. Er blieb stehen, wo er ausgestiegen war, den Blick auf Daisy und ihren Kavalier gerichtet. Die beiden sahen offensichtlich niemanden; sie waren zu sehr miteinander beschäftigt. Als sie die niedrige Gartenmauer erreicht hatten, blieben sie einen Augenblick lang stehen und betrachteten die schönen Pinien mit den ausladenden flachen Kronen rund um die Villa Borghese herum; dann ließ der dem jungen Mädchen aufwartende Verehrer sich ungezwungen auf dem breiten Mauersims nieder. Die untergehende Sonne schickte vom gegenüberliegenden Horizont einen gleißenden Strahl durch die Wolkenbänke, woraufhin der galante Giovanelli ihr den Sonnenschirm aus der Hand nahm und ihn für sie öffnete. Sie trat ein wenig näher, und er hielt den Sonnenschirm über sie; und schließlich ließ er ihn, während er ihn weiter festhielt, so auf ihre Schulter sinken, dass ihre Köpfe vor Winterbourne verborgen waren. Dieser junge Mann blieb nur noch einen Augenblick länger stehen, dann machte er sich auf den Weg. Doch er ging nicht auf das unter dem Sonnenschirm vereinte Paar zu, sondern vielmehr zu der Wohnung seiner Tante Mrs Costello.

IV

Am nächsten Tag war es ihm eine Genugtuung, dass zumindest als er in ihrem Hotel nach Mrs Miller fragte, kein Grinsen bei den Bediensteten zu verzeichnen war. Diese Dame und ihre Tochter waren jedoch nicht zu Hause; und auch am Tag darauf, als Winterbourne seinen Besuch wiederholte, wurde er erneut abschlägig beschieden. Mrs Walkers Gesellschaft fand am Abend des dritten Tages statt, und obwohl sein letztes Gespräch mit dieser kritischen Dame zum Schluss von einer gewissen Reserviertheit geprägt gewesen war, fand unser junger Mann sich unter den Gästen ein. Mrs Walker war eine jener Pilgerinnen aus der Neuen Welt, die während ihres Aufenthaltes in der Alten großen Wert darauf legten, so ihre eigenen Worte, die europäische Gesellschaft zu studieren; und deshalb hatte sie zu diesem Anlass etliche Exemplare der Gattung Mensch von unterschiedlichster Herkunft um sich versammelt, die ihr, sozusagen, als Studienobjekte dienten. Bei Winterbournes Ankunft war die kleine Person, die er am meisten anzutreffen wünschte, nicht dort; doch schon kurz darauf sah er Mrs Miller sehr schüchtern und beschämt allein hereinkommen. Das Haar dieser Dame, das über die kahle Ödnis ihrer Schläfen fiel, war noch krauser als sonst. Als sie auf ihre Gastgeberin zutrat, näherte auch Winterbourne sich.

»Wie Sie sehen, bin ich allein gekommen«, sagte Daisys auf sich gestellte Mutter. »Aber ich weiß vor lauter Angst nicht, was ich tun soll; es ist das erste Mal überhaupt, dass ich allein auf eine Gesellschaft gehe – zumindest in diesem Land. Ich wollte eigentlich Randolph oder Eugenio oder irgendwen mitbringen, aber dann hat Daisy mich einfach allein losgeschickt. Ich bin es nicht gewöhnt, ganz allein irgendwohin zu gehen.«

»Hat Ihre Tochter denn nicht die Absicht, uns mit ihrer Gesellschaft zu beehren?«, fragte Mrs Walker würdevoll.

»Also, fertig angekleidet ist Daisy ja«, berichtete Mrs Miller in jenem Ton der leidenschaftslosen, wenn nicht gar abgeklärten Zeitzeugin, in dem sie stets die neuesten Ereignisse im Leben ihrer Tochter kundtat. »Sie hat sich schon vor dem Abendessen angekleidet. Aber jetzt ist ein Freund von ihr da; dieser Gentleman – der schönste von all den Italienern –, den sie mitbringen wollte. Sie sitzen am Klavier – und es scheint, als könnten sie kein Ende finden. Mr Giovanelli singt einfach herrlich. Aber es wird bestimmt nicht mehr allzu lange dauern, bis sie kommen«, schloss Mrs Miller hoffnungsvoll.

»Es täte mir leid, wenn sie sich verpflichtet fühlte, zu kommen – unter diesen besonderen Umständen«, erlaubte sich Mrs Walker zu bemerken.

»Also ich habe ihr auch gesagt, dass es sinnlos ist, sich vor dem Abendessen schon anzukleiden, wenn sie dann noch drei Stunden zu Hause bleibt«, erwiderte Daisys Mama. »Es ist doch sinnlos, solch ein Kleid anzuziehen, nur um dann mit Mr Giovanelli herumzusitzen.«

»Das ist ja absolut grauenhaft!«, sagte Mrs Walker, sich von Mrs Miller abwendend, an Winterbourne gerichtet. »*Elle s'affiche, la malheureuse.* Das ist ihre Rache dafür, dass ich es gewagt habe, ihr Vorhaltungen zu machen. Ich werde kein Wort mit ihr sprechen, wenn sie kommt.«

Daisy kam nach elf, doch sie war keine der jungen Damen, die bei solch einem Anlass darauf warten, angesprochen zu werden. Strahlend schön kam sie, einen großen Blumenstrauß im Arm und in Begleitung von Mr Giovanelli, lächelnd und plaudernd hereingerauscht. Alle verstummten, drehten sich um und schauten zu, wie sie auf Mrs Walker zuschwebte. »Ich habe befürchtet, Sie könnten meinen, ich komme gar nicht mehr, deshalb habe ich Mutter vorgeschickt, damit sie Ihnen Bescheid gibt. Ich wollte Mr Giovanelli noch einige Stücke proben lassen, bevor er herkommt; er hat eine wunderschöne Stimme, wissen Sie, und ich möchte, dass Sie ihn bitten zu singen. Das hier ist Mr Giovanelli; aber ich habe ihn Ihnen ja schon einmal vorgestellt; er hat die herrlichste Stimme, und er kennt die reizendsten Lieder. Ich habe sie ihn heute Abend extra alle noch einmal durchgehen lassen; wir hatten unheimlich viel Spaß im Hotel.« All dies gab Daisy mit der liebenswürdigsten, heitersten und lautesten Zuversicht von sich, während sie mal ihre Gastgeberin, mal die im Raum versammelten Gäste anblickte und dabei immer wieder mit kleinen Handgriffen, rund um ihre sehr weißen Schultern herum, den Ausschnitt ihres Kleides zurechtzupfte. »Ist jemand hier, den ich kenne?«, fragte sie unverdrossen.

»Ich glaube, jeder kennt Sie!«, sagte Mrs Walker höchst bedeutungsvoll und grüßte Mr Giovanelli betont flüchtig. Dieser

Gentleman betrug sich sehr galant; er lächelte und verbeugte sich und ließ seine weißen Zähne aufblitzen, er zwirbelte seinen Schnurrbart und verteilte glutvolle Blicke und vollführte all die typischen Künste, die einem schönen Italiener auf einer Abendgesellschaft oblagen. Er sang auf sehr hübsche Art ein halbes Dutzend Lieder, auch wenn Mrs Walker danach erklärte, sie habe partout nicht herausfinden können, wer ihn darum gebeten habe. Offenbar war es nicht Daisy gewesen, die den Anstoß gegeben hatte – denn diese junge Dame hatte in einiger Entfernung vom Klavier Platz genommen und führte, obwohl sie sich öffentlich sozusagen zu seiner musikalischen Gönnerin oder auch Bürgin erklärt hatte, fröhlich sehr vernehmliche Gespräche mit anderen, während er trällerte.

»Wie schade, dass diese Räume so klein sind; da können wir gar nicht tanzen«, sagte sie zu Winterbourne, so als hätte sie ihn zuletzt fünf Minuten zuvor gesehen.

»Mir tut es nicht leid, dass wir nicht tanzen können«, erwiderte er aufrichtig. »Ich bringe keinen Tanzschritt zustande.«

»Natürlich bringen Sie keinen Tanzschritt zustande«, stimmte das junge Mädchen zu. »Ihre Beine *müssen* ja ganz steif sein, wenn sie immer so lange in dieser Viktoria eingepfercht sind.«

»Also, vor drei Tagen waren sie noch sehr beweglich«, sagte er liebenswürdig lachend; »da hätten sie nichts lieber getan als in Ihrer Begleitung getanzt.«

»Oh, da hatte sich mein anderer Freund – mein Freund in der Not – meiner schon angenommen; er scheint mit seinen Gliedmaßen besser in Einklang zu stehen als Sie – das muss ich ihm wirklich zugestehen. Aber haben Sie schon einmal etwas so Dreistes erlebt«, fragte Daisy, »wie Mrs Walker mit ihrem Wunsch, dass ich in die Kutsche einsteigen und den armen Mr Giovanelli einfach stehen lassen soll, und das noch unter dem Vorwand der Anständigkeit? Was manche Leute bloß für Ansichten haben! Das wäre doch furchtbar gemein gewesen; er hatte schon seit zehn Tagen von diesem Spaziergang gesprochen.«

»Er hätte gar nicht davon sprechen sollen«, beschloss Winterbourne darauf zu antworten. »Einer jungen Dame dieses Landes hätte er solch einen Spaziergang durch die Straßen von Rom niemals vorgeschlagen.«

»Durch die Straßen?«, rief sie mit ihrem hübschen Blick. »Wo sonst hätte er denn mit ihr spazieren gehen sollen? Und der Pincio ist ja wohl auch keine Straße; und außerdem bin ich, Gott sei Dank, keine junge Dame dieses Landes. Die jungen Damen dieses Landes führen ein sterbenslangweiliges Leben nach allem, was ich so mitbekomme; und ich sehe nicht ein, dass ich wegen *solcher* dummen Gänse meine Gewohnheiten ändern soll.«

»Ich fürchte aber, Ihre Gewohnheiten sind die einer recht skrupellos flirtenden Person«, erwiderte Winterbourne mit wohlüberlegter Strenge.

»Natürlich!« – und sie hoffte offensichtlich, ihm damit endgültig den Atem zu rauben. »Ich flirte ganz unheimlich schrecklich gern! Haben Sie schon einmal von einem netten Mädchen gehört, dem es nicht so geht? Aber wahrscheinlich sagen Sie mir jetzt, dass ich kein nettes Mädchen bin.«

Er blieb jedoch auch unter dem Schock ihrer ironischen Bemerkung ernst. »Sie sind ein sehr nettes Mädchen, aber ich wünschte mir, Sie würden mit mir flirten, und nur mit mir.«

»Oh vielen Dank, vielen herzlichen Dank auch: Sie wären wirklich der Letzte, mit dem zu flirten mir einfiele. Wie ich schon das Vergnügen hatte, Ihnen mitzuteilen, Sie sind zu steif.«

»Das sagen Sie etwas zu oft«, bemerkte er verärgert.

Daisy stieß ein entzücktes Lachen aus. »Wenn ich die süße Hoffnung hegen könnte, Sie wütend zu machen, würde ich es noch einmal sagen.«

»Tun Sie's nicht – wenn ich wütend bin, bin ich noch steifer als sonst. Aber wenn Sie nicht mit mir flirten wollen, dann hören Sie doch wenigstens auf, mit Ihrem Freund am Klavier zu flirten. Die Leute hier«, versicherte er ihr, als ob er ganz aufseiten der »Leute hier« stünde, »verstehen so etwas nicht.«

»Und ich dachte, die Leute hier verstehen nichts anderes als das!«, rief Daisy mit erstaunlicher Welterfahrung.

»Nicht bei jungen unverheirateten Frauen.«

»Mir kommt es bei jungen unverheirateten Frauen sehr viel anständiger vor als bei den alten verheirateten«, erwiderte sie.

»Nun«, sagte Winterbourne, »im Umgang mit Einheimischen muss man sich an die Landessitten halten. Das amerikanische Flirten ist eine rein amerikanische Albernheit, die – in ihrer naiven Plumpheit – keinen Platz in *diesem* System hat. Wenn Sie sich also in der Öffentlichkeit mit Mr Giovanelli und ohne ihre Mutter zeigen –«

»Du meine Güte, jetzt auch noch meine arme Mutter!« – und damit machte sie es auf charmante Art unaussprechlich.

Winterbourne hatte ein feines Gespür für so etwas, doch

seine Haltung änderte es nicht. »*Sie* mögen ja vielleicht einfach nur flirten, aber Mr Giovanelli nicht – er hat anderes im Sinn.«

»Er hält jedenfalls keine Predigten«, erwiderte sie. »Und wenn Sie es ganz genau wissen wollen, keiner von uns beiden flirtet – nicht ein bisschen. Dafür sind wir viel zu gute Freunde. Wir sind richtig vertraut miteinander.«

Und wieder einmal fand er sie in diesem Augenblick einfach unnachahmlich. »Oh«, urteilte er dann, »wenn Sie verliebt sind ineinander, ist das natürlich ganz etwas anderes!«

Sie hatte ihm bis hierhin erlaubt, so offen zu sprechen, dass ihm gar nicht der Gedanke gekommen war, er könnte sie durch seine zwingende Logik schockieren; dennoch stand sie jetzt, sichtbar errötet, unverzüglich auf und überließ ihn seinem inneren Aufschrei, dass es nur eine Beschreibung für kleine, gern flirtende Amerikanerinnen gebe: inkonsequent. »Wenigstens sagt Mr Giovanelli«, erwiderte sie und hatte nicht mehr als einen einzigen kurzen seltsamen Blick für ihn übrig, einen seltsameren kurzen Blick, wie er fand, als sie ihm je zugeworfen hatte – »Mr Giovanelli sagt nie solch scheußliche Dinge zu mir.«

Das tat seine Wirkung – er stand da und sah sie nur an. Der Gegenstand ihres Streites hatte seine Gesangseinlage unterdessen beendet; er verließ das Klavier, und sein Dank für das, was – und das war ein wenig peinlich – zu dessen Würdigung nicht stattfand, glich dennoch dem unablässigen Verbeugen eines bejubelten Operntenors vor dem Vorhang. Und so verbeugte er sich, bis er Daisy erreicht hatte. »Wollen Sie nicht mitkommen ins andere Zimmer und einen Tee trinken?«, fragte er – und bot damit Mrs Walkers etwas dünn geratene Erfrischung auf eine Weise an, als hätte er alle Königreiche dieser Welt zu vergeben.

Da endlich gab Daisy sich Winterbourne gegenüber wieder natürlicher und einschätzbarer. Doch das verwirrte ihn nur noch mehr, denn ein solches durch nichts gerechtfertigtes Lächeln schaffte keine Klarheit – es schien höchstens eine sanfte Liebenswürdigkeit ihres Wesens zu beweisen, die ganz instinktiv in das Verzeihen aller Kränkungen umschlug. »Mr Winterbourne ist es nicht mal in den Sinn gekommen, mir Tee anzubieten«, sagte sie triumphierend mit dem allerzartesten Anflug eines Willens, ihn zu peinigen.

»Dafür habe ich Ihnen vorzügliche Ratschläge angeboten«, erlaubte der junge Mann sich verstimmt zu erwidern.

»Da ist mir dünner Tee lieber!«, rief Daisy; und dann rauschte sie mit dem strahlenden Giovanelli davon und blieb den ganzen restlichen Abend mit ihm in der Fensternische im angrenzenden Zimmer sitzen. Es gab noch eine interessante Darbietung am Klavier, aber keiner der beiden Plaudernden schenkte ihr Beachtung. Als Daisy schließlich auf Mrs Walker zutrat, um sich zu verabschieden, machte diese Dame die Schwäche, deren sie sich beim Eintreffen des jungen Mädchens schuldig gemacht hatte, gewissenhaft wett – sie kehrte Miss Miller einfach den Rücken zu und überließ es ihr, sich mit so viel Anmut, wie sie noch aufzubringen vermochte, zurückzuziehen. Winterbourne stand zufällig in der Nähe der Tür und bekam alles mit. Daisy wurde sehr blass und schaute ihre Mutter an, doch Mrs Miller bemerkte in ihrer Bescheidenheit weder den Bruch irgendeines Anrechts noch die Abweichung von irgendeinem Brauch. Sie schien vielmehr unpassenderweise darauf aufmerksam machen zu wollen, wie fabelhaft sie den Konventionen genügte. »Gute Nacht, Mrs Walker«, sagte sie; »wir hatten einen wunderschönen Abend. Sie sehen, auch wenn ich Daisy ohne mich auf Gesellschaften kommen lasse, bestehe ich doch darauf, dass sie nicht ohne mich geht.« Daisy wandte sich ab und sah in kleinlauter bleicher Schönheit, aller Anmut beraubt, zu dem bei der Tür versammelten Kreis hinüber. Winterbourne erkannte, dass sie im ersten Augenblick viel zu schockiert und verwirrt war, um auch nur entrüstet zu sein. Er selbst war tief betroffen.

»Das war sehr grausam«, sagte er, ohne zu zögern, zu Mrs Walker.

Doch das Gesicht dieser Dame war ebenfalls steinern. »Sie betritt nie wieder meinen Salon.«

Da Winterbourne sie nun nicht mehr in Mrs Walkers Salon treffen konnte, ging er so oft wie möglich zu Mrs Millers Hotel. Die Damen waren selten zu Haus, und wenn er sie doch einmal antraf, war immer auch der treu ergebene Giovanelli anwesend. Sehr oft saß der herausgeputzte kleine Römer, der diesen Erfolg heiter, aber nicht in ungebührlicher Anmaßung genoss, mit Daisy allein in dem überladenen Salon, den sie Eugenios Sorgfalt verdankten, denn Mrs Miller schien ja stets der Meinung zu sein, dass Zurückhaltung das oberste Gebot aller Fürsorge sei. Winterbourne stellte, anfangs noch verwundert, fest, dass Daisy bei diesen Gelegenheiten weder verlegen noch verärgert war, wenn er eintrat; doch bald begann er zu spüren, dass sie keine Überraschungen mehr für ihn bereithielt und er letztlich auch gar nicht wissen wollte, was sie »im Schilde führte«. Sie zeigte keinen Unmut, wenn ihr *tête-à-tête* mit

Giovanelli gestört wurde; sie konnte mit zwei Gentlemen genauso unbefangen und freimütig plaudern wie mit einem, und dieser unbekümmerte Redefluss hatte für ihren ersteren Freund immer noch etwas Anomales an sich, eben weil er so freimütig war, ohne sich jedoch Freiheiten herauszunehmen. Wenn sie sich ernsthaft für den Italiener interessierte, dachte Winterbourne, war es doch seltsam, dass sie sich nicht stärker darum bemühte, ihre Unterredungen zu etwas Unantastbarem zu machen, und da mochte er sie für ihre unschuldig wirkende Gleichgültigkeit und ihre unerschöpfliche Fröhlichkeit gleich noch mehr. Er hätte kaum sagen können warum, doch sie machte den Eindruck einer jungen Person auf ihn, die für lästige Eifersüchtelei nicht geschaffen war. Auch wenn der Leser über solch eine Enthüllung lächeln mag, im Hinblick auf die Frauen, die ihn bisher interessiert hatten, war es tatsächlich so, dass Winterbourne unter gewissen unwägbaren Umständen Angst – buchstäblich Angst – vor eben solchen Damen hatte. Ihm tat der Gedanke gut, dass er, selbst wenn zwanzig Dinge anders wären und Daisy ihn lieben würde und er darum wüsste und es ihm gefiele, dennoch niemals Angst vor Daisy hätte. Es muss jedoch hinzugefügt werden, dass diese Überzeugung durchaus nicht schmeichelhaft war für sie: Es bedeutete, dass sie in jeder Hinsicht nichts anderes als leichtfertig war.

Aber sie war offenkundig außerordentlich interessiert an Giovanelli. Sie schaute ihn an, wann immer er sprach; sie sagte ihm unablässig, dass er dies tun solle und das tun solle; sie hänselte ihn dauernd und schimpfte ihn aus. Ja, sie schien vollkommen vergessen zu haben, dass ihr anderer Freund sie auf Mrs Walkers Gesellschaft mit einigen seiner Bemerkungen verärgert hatte. Eines Sonntagnachmittags, als Winterbourne mit seiner Tante im Petersdom war, entdeckte er, dass die junge Frau, die jene Dame so grauenhaft fand, begleitet von ihrem Geck vom Corso durch die große Kirche schlenderte. Es amüsierte ihn, nach einer kurzen Debatte, auf das mustergültige Paar hinzuweisen – selbst wenn er dafür in Kauf nehmen musste, wie sich zeigte, dass seine Tante nach eingehender Betrachtung der beiden durch ihr Lorgnon sagte: »Deshalb also bist du in letzter Zeit so grüblerisch.«

»Ich habe nicht mal geahnt, dass ich grüblerisch bin«, verteidigte er sich.

»Du bist völlig geistesabwesend; du denkst immerzu über irgendetwas nach.«

»Und über was genau«, fragte er, »wirfst du mir vor, nachzudenken?«

»Über diese junge Dame, Miss Baker, Miss Chandler – wie heißt sie gleich wieder? –, über diese Miss Miller und ihre Liebschaft mit dem kleinen Perückenkopf da.«

»Nennst du das eine Liebschaft«, fragte er – »eine Sache, die sich so auffällig in aller Öffentlichkeit abspielt?«

»Das ist eine Dummheit, die gegen sie spricht«, sagte Mrs Costello, »nicht für sie.«

»Nein«, beharrte er mit einem Anflug vielleicht jener Geistesabwesenheit, auf die seine Tante angespielt hatte – »ich glaube wirklich nicht, dass da von einer Liebschaft die Rede sein kann.«

»Also« – und nun ließ Mrs Costello ihr Lorgnon sinken – »ich habe jedenfalls schon ein Dutzend Leute darüber reden hören: Es heißt, sie sei ganz hingerissen von ihm.«

»Sie sind zweifellos ganz dicke Freunde«, erlaubte sich unser verlegener junger Mann zu sagen.

Bald darauf kam Mrs Costello jedoch noch einmal auf die beiden zurück; und darin sah Winterbourne einen weiteren Beweis – zu dem, den sein eigenes Empfinden ihm lieferte – für die Faszination, die von diesem Fall ausging. »Er sieht zweifellos sehr gut aus. Die Sache ist doch ganz leicht zu durchschauen. Sie hält ihn für den elegantesten Mann der Welt, den vornehmsten Gentleman überhaupt. So etwas wie ihn hat sie noch nie gesehen – er ist sogar noch besser als der Reiseführer. Es war wahrscheinlich sogar der Reiseführer, der ihn vorgestellt hat, und wenn es ihm gelingt, die junge Dame zu heiraten, bekommt der Reiseführer eine glänzende Provision.«

»Ich glaube nicht, dass sie an eine Heirat denkt«, wandte Winterbourne ein, »und ich glaube auch nicht, dass er sich Hoffnungen auf eine Heirat macht.«

»Du kannst dir sehr sicher sein, dass sie an überhaupt nichts denkt. Sie tollt einfach nur herum, von einem Tag zum anderen, von einer Stunde zur nächsten, so wie sie es im Goldenen Zeitalter getrieben haben. Ich kann mir nichts Vulgäreres vorstellen«, sagte Mrs Costello, deren bildhafte Vergleiche selten stimmig waren. »Und gleichzeitig«, fügte sie hinzu, »kannst du davon ausgehen, dass sie dir jeden Augenblick erzählt, sie habe sich ›verlobt‹.«

»Ich glaube, das geht weit über Giovanellis Erwartungen hinaus«, sagte Winterbourne.

»Und wer ist Giovanelli?«

»Der geschniegelte – aber, um ihm gerecht zu werden,

nicht schmierige – kleine Römer. Ich habe Erkundigungen über ihn eingezogen und einiges erfahren. Er ist offenbar ein völlig respektabler Mann. In gewisser Weise ist er ein *cavaliere avvocato*, glaube ich. Aber er verkehrt nicht in den sogenannten ersten Kreisen. Ich halte es tatsächlich für nicht ganz ausgeschlossen, dass der Reiseführer ihn vorgestellt hat. Jedenfalls ist er ungemein bezaubert von Miss Miller. Sollte sie ihn für den vornehmsten Gentleman der Welt halten, dann hat er seinerseits noch nie Umgang mit jemandem gehabt, der solch einen Prunk, solch einen Überfluss, solch eine persönliche Anmut besitzt wie diese junge Dame. Und da muss sie ihm natürlich wunderschön und interessant erscheinen. Nein, er kann nicht ernsthaft darauf hoffen, etwas zu erreichen. Das muss ihm als ein allzu unerreichbares Glück erscheinen. Er hat nichts weiter als sein schönes Gesicht zu bieten, und dann gibt es da ja auch noch einen leibhaftigen, möglicherweise aufbrausenden Mr Miller in jenem mysteriösen Land der Dollars und Colts. Giovanelli ist sich nur allzu bewusst, dass er keinen Titel zu bieten hat. Ja, wenn er ein Graf oder ein *marchese* wäre! Wie, um Himmels willen, erklärt er selbst sich eigentlich, dass sie ihn auf diese Weise aufgenommen haben?«

»Er schreibt es seinem schönen Gesicht zu und hält Miss Miller für eine junge Dame *qui se passe ses fantaisies!*«

»Es ist wahrlich so«, fuhr Winterbourne fort, »dass Daisy und ihre Mama noch nicht einmal die Stufe – wie soll ich es nennen? – der Kultur erklommen haben, auf der der Gedanke auftaucht, dass man sich einen Grafen oder *marchese* angeln könnte. Ich halte sie für geistig gar nicht fähig, diese Vorstellung zu entwickeln.«

»Oh, das sieht der *cavaliere avvocato* aber ganz anders!«, rief Mrs Costello aus.

Dass Daisys »Liebschaft« viel Staub aufgewirbelt hatte, bestätigte sich Winterbourne an diesem Tag im Petersdom noch zur Genüge. Ein Dutzend Angehörige der amerikanischen Kolonie in Rom gesellten sich zu seiner Verwandten, die auf einem kleinen tragbaren Stuhl am Sockel eines der großen Pilaster saß. Während im angrenzenden Chor mit herrlichen Gesängen und Orgelklängen der Vespergottesdienst abgehalten wurde, hieß es unter Mrs Costello und ihren Freunden immer wieder, dass die arme kleine Miss Miller wirklich »zu weit« gehe. Winterbourne gefiel gar nicht, was er da zu hören bekam; doch als er auf die große Freitreppe vor der Kirche trat und Daisy, die vor ihm hinausgegangen war, mit ihrem Komplizen in eine offene Mietdroschke einsteigen und durch die spottlustigen Straßen Roms davonfahren sah, schien auch ihm das Urteil über ihr Verhalten einfach auf der Hand zu liegen. Sie tat ihm außerordentlich leid – nicht so sehr, weil er meinte, nun habe sie vollkommen den Verstand verloren, sondern weil es ihn schmerzte, etwas so Schönes und Schutzloses und Natürliches in der Achtung der Menschen so tief sinken zu sehen. Danach unternahm er einen Versuch, Mrs Miller einen Hinweis zu geben. Eines Tages traf er auf dem Corso nämlich einen Freund – ein Tourist wie er –, der gerade eben aus dem Palazzo Doria gekommen war, wo er die schöne Gemäldegalerie besichtigt hatte. Sein Freund »erging sich« erst eine Weile über Velázquez' großartiges Porträt von Innozenz X., das in einem der Kabinette des Palazzo ausgestellt war, und sagte dann: »Und in ebendem Kabinett konnte ich mich übrigens noch an einem Anblick ganz anderer Art erfreuen; diese kleine Amerikanerin, die so viel mehr ein Werk der Natur ist als der Kunst und die du mir letzte Woche gezeigt hast.« Auf Winterbournes Nachfragen erzählte sein Freund, dass die kleine Amerikanerin – jetzt hübscher denn je – mit einem Begleiter in der abgetrennten Nische gesessen habe, in der das päpstliche Abbild bewahrt werde.

»Ganz allein?«, hörte der junge Mann sich unaufrichtig fragen.

»Allein mit einem kleinen Italiener, der einen ganzen Blumenstrauß im Knopfloch trägt. Das Mädchen ist wirklich eine reizende Schönheit, doch ich meinte eigentlich, dich neulich so verstanden zu haben, dass sie eine junge Dame *du meilleur monde* sei.«

»Das ist sie auch!«, sagte Winterbourne; und als er sich vergewissert hatte, dass sein Gewährsmann das interessante Paar erst vor zehn Minuten gesehen hatte, sprang er in eine Mietdroschke und fuhr zu Mrs Miller. Sie war zu Hause, aber sie entschuldigte sich, dass sie ihn in Daisys Abwesenheit empfangen müsse.

»Sie ist mit Mr Giovanelli irgendwohin gegangen. Sie ist immerzu mit Mr Giovanelli unterwegs.«

»Ich habe schon bemerkt, dass sie wirklich eng befreundet sind«, pflichtete Winterbourne bei.

»Oh, man möchte fast meinen, sie könnten ohne einander nicht leben!«, sagte Mrs Miller. »Aber er ist ja auch ein richtiger Gentleman. Ich mache schon immer Scherze über Daisy – dass sie einfach verlobt sein *muss!*«

»Und wie nimmt Ihre Tochter diese Scherze auf?«

»Oh, sie sagt nur, dass es nicht stimmt. Aber es könnte genauso gut wahr sein!«, fuhr diese abgeklärte Mutter fort. »Sie benimmt sich jedenfalls so, als wäre sie verlobt. Aber ich habe mir von Mr Giovanelli versprechen lassen, dass er es mir erzählt, wenn Daisy es nicht tut. Ich würde es nämlich gern Mr Miller schreiben – würden Sie das nicht auch tun?«

Winterbourne erwiderte, dass er das zweifellos täte; die Gemütsverfassung von Daisys Mama erschien ihm aber als so beispiellos in den Annalen elterlicher Wachsamkeit, dass er zurückschreckte vor dem Versuch, in einem einzigen Gespräch auf sie einwirken zu wollen, und sei es auch nur auf ihr Gewissen oder auf ihren Verstand allein.

Danach war Daisy nie mehr zu Hause; und er traf sie auch nicht mehr in den Häusern gemeinsamer Bekannter an, denn diese scharfsinnigen Leute hatten sich, wie er bemerkte, durchaus ein Urteil darüber gebildet, um wie viel zu weit sie gegangen sein musste. Sie luden sie nicht mehr ein und ließen durchblicken, dass sie deutlich machen wollten, und das sehr deutlich, schon um all der aufmerksamen Europäer willen, dass Miss Daisy Miller zwar durchaus ein schönes amerikanisches Mädchen sei, ihr Benehmen aber ganz und gar nicht schön genannt werden könne – ja sogar von ihren Landsleuten als geradezu ungeheuerlich betrachtet werde. Winterbourne fragte sich, wie sie es wohl empfinden mochte, dass ihr nun überall die kalte Schulter gezeigt wurde, und manchmal beschlich ihn ungehalten der Verdacht, dass sie es schlicht gar nicht empfand und wusste. Er tat sie ab als hoffnungslos kindisch und oberflächlich, als Verkörperung des reinen Leichtsinns und der Unwissenheit, die man weder ernst nehmen noch erdulden konnte. In anderen Augenblicken wiederum hegte er keinerlei Zweifel daran, dass sie in ihrem eleganten und verantwortungslosen kleinen Organismus ein trotziges, leidenschaftliches, vollkommen aufmerksames Bewusstsein für den Eindruck besaß, den sie hinterließ. Er fragte sich, ob ihr Trotz von dem Bewusstsein der Unschuld herrührte oder daher, dass sie im Grunde eine leichtfertige Person war. Andererseits musste zugegeben werden, so fand er, dass der Glaube an ihre »Unschuld« immer mehr zu einer so feingeistigen Sache der Galanterie wurde, dass er keinen praktischen Nutzen mehr hatte. Wie ich bereits Gelegenheit hatte zu erwähnen, tat er nichts anderes mehr, als freudlos vor sich hin zu räsonieren und sich über seine Fehlbarkeit zu ärgern, über seine Unfähigkeit, instinktiv Gewissheit darüber zu erlangen, inwieweit ihr extravagantes Verhalten artspezifisch und nationaltypisch war und inwieweit rein individuell. Doch was immer es auch war, er hatte hilflos gefehlt an ihr, und jetzt war es zu spät. Sie wurde von Mr Giovanelli »fortgerissen«.

Einige Tage nach seinem kurzen Gespräch mit ihrer Mutter traf er sie bei den Kaiserpalästen, an diesem bedeutenden Ort blühender Verlassenheit. Der frühe römische Frühling hatte die Luft mit Blütenduft angefüllt, und das verwitterte Gestein des Palatins war von zartem Grün überzogen. Daisy spazierte zwischen den weitläufigen Erdwällen voll Ruinen umher, die von moosbewachsenem Marmor eingefasst und mit imposanten Inschriften gepflastert sind. Noch nie war ihm Rom so schön erschienen. Er betrachtete die bezaubernde Harmonie der Linien und Farben, die bis in die Ferne die Stadt umschließt – er atmete die feuchtwarmen Gerüche ein und spürte, wie die Frische des Jahres und das Alter des Ortes sich tief durchdrangen. Und auch Daisy war seinem Auge noch nie so außerordentlich reizend erschienen; doch dieser Überzeugung war er bei jeder ihrer Begegnungen gewesen. Giovanelli war natürlich an ihrer Seite, und auch Giovanelli glänzte wie noch nie zuvor von einem gewissen Ruhm seines Volkes.

»Sagen Sie mal«, rief Daisy beim Anblick des Freundes aus, den einen Rivalen des Letzteren zu nennen der reine Hohn gewesen wäre, »Sie müssen doch ziemlich einsam sein!«

»Einsam?«, wiederholte Winterbourne resigniert.

»Sie laufen immer allein herum. Können Sie denn niemanden finden, der mit Ihnen ausgeht?«

»Ich habe nicht solch ein Glück«, antwortete er, »wie Ihr galanter Begleiter.«

Giovanelli begegnete ihm von Anfang an mit ausgesuchter Höflichkeit; er hörte seinen Bemerkungen mit ehrerbietiger Miene zu, lachte pflichtschuldig bei seinen Scherzen und schenkte Miss Millers kühlem Landsmann so viel Beachtung wie nur möglich. Jedenfalls benahm er sich in keiner Weise wie ein eifersüchtiger Mann auf Freiersfüßen; und er besaß offensichtlich eine Menge Taktgefühl und hatte auch nichts dagegen einzuwenden, dass jedermann ein wenig Demut von ihm erwartete. Winterbourne kam es sogar so vor, als ob er sich aus dem Bedürfnis seines gesunden Menschenverstandes heraus manchmal fast nach einem persönlichen Gespräch sehnte; nach einer Gelegenheit, ihm als ein ebenfalls intelligenter Mann zu sagen, dass *er* durchaus wusste, wie außergewöhnlich ihre gemeinsame junge Dame war, und dass er sich keineswegs der zuversichtlichen – zumindest nicht *zu* zuversichtlichen und zu trügerischen – Hoffnung auf Heirat und Dollars hingab. Und in diesem Moment schlenderte er von seinem Schützling weg, um sich einen blühenden Mandelzweig abzubrechen und ihn sorgfältig in seinem Knopfloch zu arrangieren.

»Ich weiß, warum Sie das sagen«, versetzte Daisy unterdessen. »Weil Sie meinen, dass ich zu viel mit *ihm* ausgehe!« Und mit einem Kopfnicken wies sie auf ihren diskreten Begleiter.

»Das meinen alle – falls es Sie interessiert«, war alles, was Winterbourne erwidern konnte.

»Natürlich interessiert mich das!« – das sagte sie mit großem Nachdruck. »Aber ich glaube kein Wort davon. Die tun doch alle nur so, als wären sie schockiert. Eigentlich ist es den anderen völlig egal, was ich tue. Außerdem gehe ich gar nicht so viel aus.«

»Ich glaube, Sie werden noch feststellen, dass es den anderen nicht egal ist. Und sie werden es Ihnen zeigen – auf recht unangenehme Weise«, nahm er es auf sich, zu erklären.

Daisy wog die Bedeutung dieser Worte ab. »Wie – auf unangenehme Weise?«

»Haben Sie denn nichts bemerkt?«, fragte er mitfühlend.

»Ich habe *Sie* bemerkt. Aber ich habe bei unserer ersten Begegnung auch gleich bemerkt, dass Sie so steif sind wie ein Ladestock.«

»Sie werden schon noch herausfinden, dass ich nicht so steif bin wie manch andere«, sagte er geduldig lächelnd.

»Wie soll ich das herausfinden?«

»Indem Sie sich die anderen ansehen.«

»Und was werden die mit mir machen?«

»Sie werden Ihnen die kalte Schulter zeigen. Wissen Sie, was das bedeutet?«

Daisy sah ihn aufmerksam an; sie begann zu erröten. »Meinen Sie so, wie Mrs Walker neulich Abend?«

»Genau so wie Mrs Walker neulich Abend.«

Sie sah zu Giovanelli hinüber, der sich immer noch mit dem Mandelzweig herausputzte. Und dann, wieder ganz auf das wichtige Thema konzentriert: »Ich hätte gedacht, Sie lassen es nicht zu, dass die Leute so unfreundlich sind!«

»Was soll ich dagegen tun?«

»Ich hätte gedacht, Sie sagen etwas.«

»Ich würde ja auch gern etwas sagen« – und Winterbourne hielt kurz inne. »Ich würde gern sagen, dass Ihre Mutter mir erzählt hat, dass sie glaubt, Sie seien verlobt.«

»Ja, das glaubt sie wohl«, sagte Daisy einfach nur.

Der junge Mann begann zu lachen. »Und glaubt Randolph es auch?«

»Ach, Randolph glaubt doch gar nichts.« Dieses Zeugnis für Randolphs Skeptizismus löste noch mehr Heiterkeit aus bei Winterbourne, und er bemerkte, dass Giovanelli zu ihnen zurückkehrte. Daisy, die es ebenfalls bemerkte, wandte sich noch einmal an ihren Landsmann. »Da Sie es erwähnt haben«, sagte sie, »ich *bin* verlobt.« Er sah sie streng an – das Lachen war ihm vergangen. »Sie glauben es nicht!«, fügte sie hinzu.

Er befragte sich selbst, und einen Moment lang war ihm, als prüfte er seinen Herzschlag; danach sagte er: »Doch, ich glaube es!«

»Oh nein, das tun Sie nicht«, erwiderte sie. »Aber *falls* Sie es möglicherweise tun«, fuhr sie noch widersprüchlicher hinzu – »nun, ich bin's nicht!«

Miss Miller und ihr ständiger Begleiter waren bereits auf dem Weg zum Ausgangstor der eingefriedeten Anlage, sodass Winterbourne, der eben erst gekommen war, sich bald darauf von ihnen verabschiedete. Eine Woche später fuhr er zum Abendessen in einer schönen Villa auf dem Caelius-Hügel und schickte nach seiner Ankunft dort die Mietdroschke weg. Es war ein wundervoller Abend, und er wollte sich selbst die Freude machen, zu Fuß durch den Konstantinsbogen und an den matt beleuchteten Monumenten des Forums vorbei nach Hause zu gehen. Am Himmel stand ein Halbmond, der jedoch nicht hell leuchtete, sondern von einem dünnen Wolkenschleier überzogen war, der sein Licht unklar und diffus zu machen schien. Als er sich auf dem Heimweg von der Villa um elf Uhr dem nächtlichen Rund des Kolosseums näherte, kam dem Romantiker in ihm ganz unwillkürlich der Gedanke, dass das Innere bei solch einer Abendstimmung wohl einen Blick wert sein dürfte. Er bog vom Weg ab und ging auf einen der leeren Bögen zu, bei dem, wie er bemerkte, eine offene Kutsche – eine der kleinen römischen Straßendroschken – stand. Dann trat er hinein in die höhlenartigen Schatten des gewaltigen Bauwerks und fand sich kurz darauf in der klaren und stillen Arena wieder. Nie war ihm dieser Ort eindrucksvoller erschienen. Die eine Hälfte des riesigen Rondells lag in tiefem Dunkel da, während die andere im dämmrigen Mondlicht schlief. Und als er dort stand, begann er die berühmten Verse aus Byrons ›Manfred‹ vor sich hin zu flüstern; doch noch ehe er seine Rezitation beendet hatte, erinnerte er sich, dass solch nächtliche Andacht zwar durchaus im Sinne der Poeten war, von der medizinischen Wissenschaft aber gar nicht gebilligt wurde. Man wurde umweht vom Hauch vergangener Zeiten; doch dieser Hauch vergangener Zeiten war, nüchtern betrachtet, erfüllt von heimtückischen Dünsten. Doch Winterbourne wollte noch bis mitten in die Arena hineingehen, um einen besseren Rundumblick zu haben, sich dann aber sogleich wieder zurückziehen. Das große Kreuz in der Mitte lag fast völlig im Dunkeln; erst als er näher kam, konnte er es deutlich erkennen. Und da fielen ihm auf den niedrigen Stufen, die seinen Sockel bildeten, auch zwei Personen auf: eine Frau, die saß, begleitet von einem Mann, der vor ihr aufragend dastand.

Gleich darauf drang die Stimme der Frau klar durch die warme Nachtluft zu ihm. »Der sieht uns ja an, wie einer der alten Löwen oder Tiger die christlichen Märtyrer angesehen haben mag!« Diesen Worten war ein so schwingender Tonfall eigen, dass sie ihn umflatterten und sich in der Dunkelheit wie schemenhafte weiße Tauben um ihn herum niederließen. Es war Miss Daisy Miller, die sie auf ihren Flug geschickt hatte.

»Hoffen wir, dass er nicht allzu hungrig ist« – nahm der gefällige Giovanelli ihren Scherz auf. »Er muss *mich* zuerst verspeisen; Sie werden als Nachtisch dienen.«

Winterbourne hielt mit lähmendem Entsetzen inne – und, so muss hinzugefügt werden, mit ungeheurer Erleichterung. Es war, als hätte sich die Zweideutigkeit im Benehmen des armen Mädchens plötzlich aufgelöst und das große Rätsel ihrer Widersprüchlichkeit wäre ganz leicht zu entwirren. Sie war eine junge Dame des *Schattenreiches*, über deren Widersprüchlichkeit ein törichter, verwirrter Gentleman sich nicht länger den Kopf oder das Herz zermartern musste. Dieses einst zweifelhafte Geschöpf *hatte* keine Schatten – es war nichts als ein kleiner dunkler Fleck. Er stand da und schaute sie an, schaute auch ihren Begleiter an, und dachte nicht daran, dass er selbst, auch wenn er die beiden kaum sehen konnte, viel deutlicher zu erkennen sein musste. Er ärgerte sich, dass er sich so viele Gedanken gemacht hatte – er schämte sich all seiner zärtlichen kleinen Skrupel und all seiner albernen kleinen Glücksmomente. Er wollte schon weiter auf die beiden zugehen, hielt dann aber doch inne; nicht aus Angst, ihr Unrecht zu tun, sondern weil er meinte Gefahr zu laufen, aus Erleichterung darüber, dass er seine Kritik nicht mehr zurückhalten musste, in ungebührliche Heiterkeit auszubrechen. Er machte kehrt und ging zum Eingang zurück; doch da hörte er erneut Daisys Stimme.

»Aber das war doch Mr Winterbourne! Er hat mich gesehen und schneidet mich einfach!«

Was für ein raffiniertes kleines Luder sie doch ist, war er vollauf fähig, daraufhin zu denken, und wie schlau sie heuchelt, wie prompt sie mich zu manipulieren versucht, ganz die überraschte und verletzte Unschuld! Aber nichts würde ihn veranlassen, sie zu »schneiden« oder ihr unter welch frostigen Bedingungen auch immer die berühmte »kalte Schulter« zu zeigen. Er drehte wieder um und ging zu dem großen Kreuz. Daisy war aufgestanden und Giovanelli zog den Hut. Winterbourne dachte inzwischen nur noch daran, was für ein Irrsinn es war, dass ein so zartes junges Geschöpf sich angesichts der lauernden Gefahr einer Ansteckung zu dieser Stunde an einem Malariaherd aufhielt. Und selbst wenn sie *wirklich* das überzeugendste aller kleinen Luder war! Deshalb musste sie doch nicht gleich am Perniziösen Fieber sterben. »Wie lange treiben Sie sich schon hier herum?«, fragte er mit absichtlicher Härte.

Daisy, die in dem unheimlichen silbrigen Mondschein entzückend aussah, musterte ihn einen Augenblick lang, mit seiner Härte und allem. »Oh, wohl schon den ganzen Abend.« Sie antwortete couragiert und, wie er sogar jetzt erkennen konnte, übertreibend. »Ich habe noch nie so etwas Ulkiges gesehen.«

»Ich fürchte«, erwiderte er, »dass Sie einen schweren Anfall von römischem Fieber nicht sehr ulkig finden werden. Auf diese Weise holt man es sich nämlich. Ich bin erstaunt«, fügte er an Giovanelli gewandt hinzu, »dass Sie als ein Römer solch einen ungemeinen Leichtsinn auch noch unterstützen.«

»Oh«, sagte dieses erfahrene Individuum, »um mich selbst habe ich keine Angst.«

»Ich auch nicht – nicht um Sie!«, erwiderte Winterbourne auf Französisch. »Ich rede von dieser jungen Dame hier.«

Giovanelli hob seine wohlgeformten Augenbrauen und ließ seine blitzenden Zähne sehen, nahm aber den Tadel seines Kritikers fügsam hin. »Ich habe Mademoiselle beteuert, dass es höchst unbesonnen ist, aber wann ist Mademoiselle schon einmal vorsichtig gewesen?«

»Ich bin noch nie krank gewesen, und ich habe auch nicht vor, es zu werden!«, erklärte Mademoiselle. »Ich sehe zwar nach nicht viel aus, aber ich bin gesund! Ich musste das Kolosseum einfach bei Mondschein sehen – ohne *das* wäre ich nicht nach Hause gefahren; und wir hatten einen herrlichen

Abend, nicht wahr, Mr Giovanelli? Wenn irgendeine Gefahr besteht, kann Eugenio mir ein paar Pillen geben. Eugenio hat ausgezeichnete Pillen.«

»Dann würde *ich* Ihnen raten«, sagte Winterbourne, »so schnell wie möglich nach Hause zu fahren und eine zu nehmen!«

Giovanelli lächelte, als hielte er das für einen höchst erfreulichen Gedanken. »Sehr vernünftig, was Sie da sagen. Ich werde gleich einmal dafür sorgen, dass die Kutsche bereitsteht.« Und schon eilte er voran.

Daisy folgte ihm mit Winterbourne. Er wollte sich den kleinen feinen Schmerz ersparen, sie anzusehen, doch seine Augen weigerten sich, ihn zu verschonen, und sie schien überdies nicht im Mindesten verlegen zu sein. Er sprach kein Wort; Daisy plauderte über die Schönheit des Ortes: »Nun *habe* ich das Kolosseum also im Mondschein gesehen – davon kann ich jetzt immer schwärmen!« Dann bemerkte sie das Schweigen ihres Begleiters und fragte ihn, warum er denn so steif sei – das war schon immer ihr Lieblingswort gewesen. Er gab keine Antwort, hielt aber sein Gelächter für einen schlagenden Gegenbeweis seiner Steifheit. Sie gingen durch jenen dunklen Bogengang hindurch, vor dem Giovanelli mit der Kutsche stand. Darin blieb Daisy einen Augenblick lang stehen und sah ihren Landsmann an. »Haben Sie neulich eigentlich geglaubt, dass ich verlobt bin?«

»Es ist jetzt doch ganz gleich, was ich neulich geglaubt habe!«, erwiderte er mit unabsehbarer Vieldeutigkeit.

Es war ein Wunder, dass sie nicht zusammenzuckte. »Und, was glauben Sie jetzt?«

»Ich glaube, es macht kaum einen Unterschied, ob Sie verlobt sind oder nicht!«

Er spürte, wie ihr leuchtender Blick das tiefe Dunkel des gewölbten Ganges durchdrang – als suchte sie einen Zugang zu ihm, den sie bisher noch nicht gefunden hatte. Doch Giovanelli drängte auf einmal, mit charmanter Inkonsequenz, zum Aufbruch. »Rasch, rasch; wenn wir noch vor Mitternacht zu Hause sind, kann uns nichts passieren!«

Daisy stieg in die Kutsche, und der vom Glück begünstigte Italiener nahm neben ihr Platz. »Vergessen Sie Eugenios Pillen nicht!«, sagte Winterbourne, als er seinen Hut zog.

»Es ist mir gleich«, rief sie da unerwartet aus, »ob ich das römische Fieber habe oder nicht!« Worauf der Kutscher der Mietdroschke seine Peitsche schwang und sie über die holprigen Steine des antiken Pflasters davonrollten.

Winterbourne – um ihm hier gerecht zu werden, sozusagen – erwähnte niemandem gegenüber, dass er Miss Miller um Mitternacht mit einem Gentleman im Kolosseum angetroffen hatte; trotz seiner tiefen Verschwiegenheit jedoch war das skandalöse Abenteuer, angereichert mit einem Dutzend anschaulicher Einzelheiten, schon zwei Tage später jedem Mitglied des kleinen amerikanischen Zirkels bekannt und wurde dementsprechend kommentiert. Winterbourne schloss daraus, dass die Leute des Hotels mit überzeugenden Mitteln zum Reden verführt worden waren und der Portier mit dem Mietkutscher nach Daisys Rückkehr sicher einige Scherze gemacht hatte. Doch im selben Augenblick wurde dem jungen Mann auch bewusst, dass ihn dieses »Gerede« der gemeinen Bediensteten über die kleine flirtende Amerikanerin gar nicht mehr aufregte. Ein oder zwei Tage später sprudelten diese Quellen der kursierenden Kritik sogar noch heftiger: die kleine flirtende Amerikanerin sei besorgniserregend krank, und nun beherrschten Ärzte die Szene. Als Winterbourne von dem Gerücht hörte, suchte er unverzüglich das Hotel auf, um mehr in Erfahrung zu bringen. Er stellte fest, dass zwei oder drei gutgesinnte Freunde ihm bereits zuvorgekommen waren und in Mrs Millers Salon von dem stets unermüdlichen Randolph unterhalten wurden.

»Es liegt an all diesem Herumgerenne spätabends, jede Wette – das ist's, was sie so krank gemacht hat. Sie rennt immer spätabends noch rum. Ich an ihrer Stelle würd' das ja nicht machen – hier ist's überall so verflucht dunkel. Hier kann man doch überhaupt nichts sehen, wenn der Mond nicht gerade scheint. In Amerika rennt keiner nur bei Mondschein rum!« Mrs Miller überließ sich unterdessen vollständig ihrer Gabe, sich unsichtbar zu machen; in ihrem Salon war sie noch unbekannter als sonst, aber vermutlich gewährte sie nun zumindest ihrer Tochter den Vorzug ihrer Gesellschaft. Es bestand kein Zweifel daran, dass Daisy lebensgefährlich erkrankt war.

Winterbourne sprach regelmäßig vor und bemühte sich um Neuigkeiten aus dem Krankenzimmer, die ihn auch erreichten, jedoch nur auf beunruhigend indirekten Wegen, auch wenn er einmal, ganz kurz, mit dem Arzt des armen Mädchens sprechen konnte und ein andermal Mrs Miller sah, die äußerst besorgt wirkte, ihm dabei aber viel zupackender, als er es jemals erwartet hätte, und wirklich wie die lautloseste und geschickteste aller Krankenschwestern erschien. Sie berief sich ein ums andere Mal auf Dr Davis' fernen Schatten, und Winterbourne sagte sich, dass er sie alles in allem für doch keine so ungeheuerliche Gans hielt. Aber zu dieser Nachsicht veranlasste ihn insgeheim etwas anderes, das sie gesagt hatte, vielleicht sogar noch stärker. »Daisy hat neulich so freundlich von Ihnen gesprochen. Meistens weiß sie gar nicht, was sie sagt, aber da wusste sie es. Sie hat mir etwas gesagt – und wollte, dass ich es Ihnen ausrichte. Sie sollen wissen, sagt sie, dass sie nie mit dem schönen Italiener, der immer hier war, verlobt gewesen ist. Darüber bin ich sehr froh, ehrlich gesagt; Mr Giovanelli hat sich bei uns nicht mehr blicken lassen, seit sie krank ist. Ich habe ihn für solch einen Gentleman gehalten, aber das kann man ja wohl nicht sehr höflich nennen! Eine Dame hat mir erzählt, dass er fürchtet, es wäre mir nicht recht gewesen, dass er so oft am Abend mit ihr ausgegangen ist. Sicher, jetzt sieht es so aus, als wären ihre Abende nicht so schön gewesen wie unsere – denn *wir* scheinen von dem Gift ja verschont geblieben zu sein. Ich verstehe nur nicht, was das jetzt noch ausmacht; er weiß doch wohl, dass ich eine Dame bin und es verabscheue, großen Wirbel zu machen. Wie auch immer, Sie sollen wissen, sagt sie, dass sie nicht verlobt ist. Ich weiß nicht, warum ihr das so wichtig ist, aber sie hat dreimal zu mir gesagt: ›Vergiss nicht, Mr Winterbourne das zu sagen.‹ Und dann hat sie mich gebeten, Sie zu fragen, ob Sie sich noch an den Tag erinnern, als Sie mit ihr zu dem Schloss in der Schweiz gefahren sind. Aber da habe ich zu ihr gesagt, dass ich *so etwas* nicht ausrichten würde. Nur, wenn sie gar nicht verlobt ist, richte ich das natürlich auch gern aus.«

Doch die Wahrheit in diesem Punkt hatte, wie Winterbourne zuvor schon geurteilt hatte, nur noch wenig Bedeutung. Eine Woche danach starb das arme Mädchen; es war tatsächlich ein schwerer Fall von Perniziösem Fieber gewesen. Man fand ein Grab für sie auf dem kleinen Protestantischen Friedhof, in einer Ecke der Stadtmauer des kaiserlichen Rom, unter einer Zypresse und üppig blühenden Frühlingsblumen. Dort stand Winterbourne mit einer Anzahl anderer Trauernder; einer größeren Anzahl, als nach dem durch den Lebenswandel der jungen Dame ausgelösten Skandal zu erwarten gewesen war. Ganz in seiner Nähe stand Giovanelli, der noch näher kam, bevor Winterbourne sich zum Gehen wandte. Giovanelli, in geziemender Trauerkleidung, war außerordentlich blass im Gesicht; in seinem Knopfloch fehlte das Sträußchen, und er hatte sichtlich etwas auf dem Herzen, das er unbedingt – ja sogar unter Qualen – sagen wollte. Schließlich beschloss er mit einem nervösen Zucken im bleichen Gesicht es Winterbourne anzuvertrauen. »Sie war die schönste junge Dame, die ich je gesehen habe, und die liebenswerteste.« Und gleich darauf fügte er noch hinzu: »Und – natürlich! – auch die unschuldigste.«

Winterbourne sah ihn mit einem harten trockenen Blick forschend an, wiederholte seine Worte jedoch sogleich: »Die unschuldigste?«

»Die unschuldigste!«

Es kam irgendwie um so vieles zu spät, dass unser Freund nur noch zornig staunen konnte, dass es überhaupt noch kam. »Warum zum Teufel«, fragte er, »sind Sie mit ihr an diesen verhängnisvollen Ort gefahren?«

Giovanelli hob seine schmucken Schultern und Augenbrauen so leicht, dass man es kaum ein Zucken nennen konnte. »Um mich selbst hatte ich keine Angst; und *sie* – sie tat, was sie wollte.«

Winterbourne heftete seinen Blick auf den Boden. »Sie tat, was sie wollte!«

Das bewog den armen Giovanelli zu einer weiteren gut gemeinten, zu einer weiteren vertraulichen Mitteilung. »Wenn sie am Leben geblieben wäre, so hätte ich nichts davon gehabt. Sie hätte mich niemals geheiratet.«

Er hatte die Worte vorgebracht wie einen aufrichtigen Beweis dafür, dass er nie irgendwelche Absichten gehegt hatte, aber Winterbourne wusste kaum, wie er darauf reagieren sollte. Schließlich sagte er, jedoch mit einem Wohlwollen, das dem seines Freundes um einiges nachstand: »Wohl kaum.«

Letzterer ließ sich nicht einmal dadurch entmutigen. »Einen Augenblick lang habe ich mir Hoffnungen gemacht. Aber nein. Ich bin mir sicher.«

Winterbourne hörte es sich an; er stand da und starrte auf den frischen Erdhügel zwischen den Aprilmargeriten. Als er sich wieder umdrehte, war der andere Trauernde gegangen.

Er verließ Rom fast augenblicklich, aber im folgenden Sommer traf er seine Tante Mrs Costello wieder in Vevey. Mrs Costello gewann dem charmanten alten Hotel dort einen Genuss ab, hinter dessen Geheimnis die Familie Miller nie gekommen war. Winterbourne hatte in der Zwischenzeit oft an das interessanteste Mitglied dieses Trios gedacht – an ihr rätselhaftes Verhalten und ihr seltsames Abenteuer. Eines Tages sprach er mit seiner Tante über sie – sagte, es belaste sein Gewissen, dass er ihr Unrecht getan habe.

»Dazu kann ich sicher kaum etwas sagen« – die Dame ließ

Vorsicht walten. »Wie hat sich dein Unrecht denn auf sie ausgewirkt?«

»Sie hat mir vor ihrem Tod etwas ausrichten lassen, das ich zu der Zeit nicht verstanden habe. Aber mittlerweile habe ich es verstanden. Sie hätte meine Achtung sehr zu schätzen gewusst.«

»Na, sie hatte aber eine merkwürdige Art, sich darum zu bemühen! Oder meinst du etwa mit dem, was du da sagst«, fragte seine Tante, »dass sie diese Zuneigung erwidert hätte?«

Als er darauf keine Antwort gab, drehte sie sich einen Moment später nach ihm um – er war nicht in ihrem direkten Blickfeld gewesen; doch die Wirkung, die sein Anblick auf sie hatte, ließ sie ihre Frage nicht wiederholen. Nach einer Weile ergriff er dann doch das Wort. »Du hattest recht mit der Bemerkung, die du letzten Sommer gemacht hast. Ich musste geradezu einen Fehler machen. Ich lebe schon zu lange im Ausland.« Und diesmal sagte selbst sie nichts mehr.

Dennoch kehrte er bald darauf nach Genf zurück, von wo auch weiterhin die widersprüchlichsten Darstellungen der Beweggründe für seinen Aufenthalt dort kommen: ein Bericht, dass er eifrig »studiere« – eine Andeutung, dass er großes Interesse an einer sehr geschickten ausländischen Dame zeige.

ANMERKUNGEN

Seite 5: *Vevey*
Vevey ist eine Stadt mit heute etwa 19.000 Einwohnern im Schweizer Kanton Waadt, nicht weit von Lausanne entfernt. Am nordöstlichen Ufer des Genfer Sees gelegen und damit an der Heerstraße vom Großen St. Bernhard nach Aventicum, war der Ort bereits zur Römerzeit unter dem Namen Vibiscus bekannt und im Mittelalter ein wichtiger Handelsplatz im Herrschaftsgebiet der Savoyer. Im Laufe des 19. Jh. entwickelte Vevey sich zunächst zu einem Industriezentrum und dank der attraktiven Lage und des milden Klimas außerdem auch zu einem beliebten Fremdenverkehrsort.

Seite 6: *Newport/Saratoga*
Newport (Rhode Island) und Saratoga (New York) sind zwei bekannte US-amerikanische Kurorte, die sich schon allein durch ihre Lage stark voneinander unterscheiden. Newport liegt an der Küste von Rhode Island und ist ein typisches Seebad, während Saratoga, im Nordosten des Bundesstaates New York gelegen, mineralhaltige Quellen hat und als Heilbad gilt. In seinen Essays ›Saratoga‹ und ›Newport‹ von 1870 geht Henry James intensiv auf die Charakteristika beider Städte ein und schildert anhand der Bevölkerung und der Touristen dort Saratoga als ein Abbild der Neuen Welt (Amerika) und Newport als eines der Alten Welt (Europa).

Seite 6: *»Trois Couronnes«*
In der engl. Baedeker-Ausgabe für die Schweiz von 1879 wird das *Hôtel des Trois Couronnes* als eins von drei unmittelbar am Ufer des Genfer Sees gelegenen Grandhotels in Vevey genannt, die besonders geräumig und komfortabel seien (Karl Baedeker: Switzerland. Handbook for Travellers, Leipzig 1879).

Seite 6: *»Ocean House«/»Congress Hall«*
Diese Hotels im Seebad Newport und im Heilbad Saratoga waren zur Zeit von ›Daisy Miller‹ sehr bekannt und galten als besonders schick.

Seite 6: *Legationssekretäre*
Legationssekretäre sind Beamte im höheren diplomatischen Dienst, die im Auswärtigen Amt, bei einer Botschaft oder bei einer Gesandtschaft arbeiten.

Seite 6: *Dents du Midi*
Die Dents du Midi – nicht Dent du Midi, wie Henry James irrtümlich schreibt – sind eine Bergkette in der Schweiz von 2 Kilometern Länge mit sieben ungefähr gleich hohen Gipfeln (Haute Cime, Doigt de Salanfe, Doigt de Champéry, Dent Jaune, Eperon, Cathédrale und Cime de l'Est, alle um die 3000 Meter).

Seite 6: *Schloss Chillon*
Das Schloss Chillon, oder Château de Chillon, ist eine am östlichen Ufer des Genfer Sees zwischen Montreaux und Villeneuve gelegene Wasserburg mit mächtigen Mauern und Türmen. Berühmt für seine Lage auf einer Felseninsel vor imposanter Bergkulisse zählt es schon seit dem 18. Jh. zu den beliebtesten Sehenswürdigkeiten der Schweiz. Lord Byron (eigentl. George Gordon Byron, 6. Baron Byron, 1788–1824) hat mit seinem Gedicht ›Der Gefangene von Chillon‹ (1816) an die Lebensgeschichte von

François de Bonivard erinnert, der sich zum ersten Mal 1519 und dann noch einmal 1530 zusammen mit den Genfer Bürgern gegen die Herrschaft des Herzogs von Savoyen (Karl III., 1486–1553) stellte und das mit sechs Jahren Haft im unterirdischen Verlies von Schloss Chillon büßte.

Seite 7: *Calvinismus*
Der Calvinismus ist eine reformatorische theologische Lehre, die auf den in Genf tätigen Reformator Johannes Calvin (1509–1564) zurückgeht. Calvin betont die unbedingte Heiligkeit Gottes und seines Wortes und stellt sich gegen alles rein irdische Handeln der katholischen Kirche wie Sakramente, Reliquien oder Ablass. Als Grundsatz gelten ihm die vier *soli*: *sola scriptura*, allein die Schrift ist Grundlage des Glaubens; *sola Christus*, allein Christus hat Autorität über Gläubige; *sola gratia*, allein die Gnade Gottes kann den Menschen erretten; *sola fide*, allein durch den Glauben ist der Mensch gerechtfertigt. Wichtig ist im Calvinismus auch die Bewährung des Christen im Alltag und eine tugendhafte Lebensführung, der eine durch Disziplin, großen Fleiß und unbedingten Gehorsam gegen Gott geprägte Arbeitsethik zugrunde liegt.

Seite 7: *graue alte »Akademie«/collège*
Das Genfer Schulsystem ist stark gegliedert; die zur Hochschulreife führende höhere Schulbildung findet an einem *collège* statt. Wenn Henry James hier im Zusammenhang mit Winterbournes Schulzeit und Jugendfreundschaften im Englischen das Wort *college* benutzt, dürfte diese Schulform gemeint sein, zumal er *»Akademie«* in Anführungszeichen setzt und dieses dadurch wie ein Spitzname für das Collège Calvin wirkt, das lange die Académie beherbergte. Der Reformator und Begründer des Calvinismus Johannes Calvin (1509–1564) hat 1559 im Zuge seiner reformatorischen Bildungsbestrebungen sowohl das Collège Calvin, eine der ältesten öffentlichen Schulen der Welt, als auch die theo-

logisch-humanistische Académie de Genève, seit 1873 Université de Genève, gegründet, und beide waren lange Zeit in einem Gebäudekomplex untergebracht. Dass Winterbourne die *graue alte »Akademie«* nur *probeweise* aufsuchte, wird als Anspielung darauf verstanden, dass Henry James' älterer Bruder William diese 1859/60 besuchte und auch Henry dort gelegentlich an Kursen teilgenommen hat, obwohl er woanders angemeldet war.

Seite 7: *attachés*
Attachés sind der Botschaft eines Landes beigeordnete Angehörige des diplomatischen Dienstes; große Botschaften beschäftigen Spezialattachés für Militär, Marine, Handel, Presse, Kultur etc.

Seite 10: *in weißen Musselin [...] mit unzähligen Rüschen, Falbeln und Schleifen aus pastellfarbenem Band*
Eine Falbel ist ein in Falten gelegter, streifenförmiger Besatz aus Stoff oder Spitze zur Verzierung von Kleidung oder sonstigen Textilien. – Daisy Millers Musselinkleid, das als übertrieben verziert beschrieben wird, erinnere an James Tissots Gemälde »Portrait of Miss Loyd« von 1876, schreibt die Literaturwissenschaftlerin Clair Hughes in ihrem Buch ›Henry James and the Art of Dress‹ (Basingstoke u. a. 2001). James mache, so Hughes weiter, durch seine Beschreibungen von Daisys Kleidern deutlich, dass diese zwar durchaus frivol seien, aber keineswegs vulgär, denn ihr Kleidungsstil deute nicht allein auf den verachteten Geschmack der Neureichen hin, sondern ebenso auf einen echten Sinn für Ästhetik.

Seite 12: *Simplon*
Der Simplonpass, oder kurz Simplon, ist ein Straßenpass, der in 2005 Meter Höhe das Rhônetal in den schweizerischen Walliser Alpen mit dem Val d'Ossola und dem Lago Maggiore in Italien verbindet.

Seite 16: *Schenectady*
Schenectady ist eine Stadt im Bundesstaat New York, die etwa 230 Kilometer nördlich von New York City am Mohawk River liegt. Im 19. Jh. war die Stadt von der industriellen Revolution und zur Zeit von ›Daisy Miller‹ vor allem von der Schwerindustrie geprägt, im aufkommenden Eisenbahn-Zeitalter wurden dort in den Werken der Schenectady Locomotive Works und der American Locomotive Company Lokomotiven gebaut. 1886 verlegte der US-amerikan. Erfinder Thomas Alva Edison (1847–1931) sein Versuchslabor nach Schenectady, 1892 ließ das Unternehmen General Electric sich dort nieder, was der Stadt den Spitznamen Electric City einbrachte.

Seite 20: *arrière-pensée*
Frz.: Hintergedanke.

Seite 25: *Volants*
Ein Volant ist ein rundgeschnittener, glockenförmiger Besatz aus Stoff oder Spitze zur Verzierung von Kleidung oder sonstigen Textilien. Ein Volant wird an seiner oberen Kante, die für ein größeres Volumen auch gefältelt oder gerüscht sein kann, angenäht und diente in der Damenmode des ausgehenden 19. Jh. je nach Platzierung und Länge auch als kleine Schleppe, die eine Dame vornehm hinter sich herzog.

Seite 27: *Zweiundvierzigste Straße*
Die Zweiundvierzigste Straße im New Yorker Stadtviertel Murray Hill (Stadtbezirk Manhattan) galt im späten 19. Jh. vorübergehend als vornehme Adresse der gesellschaftlichen Oberschicht.

Seite 32: *Befunde*
Henry James benutzt hier im Englischen das Wort *constatations,* das nur im gerichtsmedizinischen Zusammenhang gebräuchlich ist.

Seite 33: *comme il faut*
Frz., hier: so wie es sich schickt.

Seite 47: *Hornpipe*
Die Hornpipe ist ein traditioneller englischer Tanz der Landbevölkerung in lebhaftem Tempo, der seit dem 16. Jh. bekannt und nach dem gleichnamigen Blasinstrument benannt ist. Oft wird die Hornpipe aber als typischer Matrosentanz angesehen, vermutlich weil er nur wenig Platz erfordert und deshalb gut auf Schiffen getanzt werden kann.

Seite 48: *oubliette*
Ein unterirdisches Verlies in Schlössern und auf Burgen wurde in Frankreich als *oubliettes* bezeichnet, weil die darin Inhaftierten von denen, die sie inhaftiert hatten, gern vergessen (frz.: *oublier*) worden wären. Ein Verlies wie das *oubliette* war nur durch eine Luke in der sehr hohen Verliesdecke zugänglich.

Seite 49: *François de Bonivard*
François de Bonivard (1493–1570), der »Gefangene von Chillon«, stammte aus einer alten savoyischen Familie. Weil er zusammen mit den Genfer Bürgern für die Selbstständigkeit der Stadt eintrat, wurde er 1519 vom Herzog von Savoyen (Karl III., 1486–1553) zum ersten Mal gefangen genommen, 1520 aber auf Bitten seiner Familie wieder freigelassen. 1530 ließ der Herzog ihn zum zweiten Mal gefangen nehmen und in das unterirdische Verlies von Schloss Chillon werfen, aus dem er erst 1536 befreit wurde, als die Berner das Schloss eroberten. – Lord Byron (eigentlich George Gordon Byron, 6. Baron Byron, 1788-1824) hat 1816 das Gedicht ›Der Gefangene von Chillon‹ über Bonivards Lebensgeschichte geschrieben, das sich zwar nicht immer an die historischen Fakten hält, dafür aber ein flammender Aufruf für die Freiheit ist.

Seite 53: *Cherbuliez/›Paule Méré‹*
Victor Cherbuliez (1829–1899) war ein schweiz.-frz. Schriftsteller, der viele zu seiner Zeit populäre Werke geschrieben hat, die häufig zuerst in der Zeitschrift ›Revue des Deux Mondes‹ abgedruckt wurden, so auch sein Roman ›Paule Méré‹ von 1864. Wenn Mrs Costello ihren Neffen Winterbourne bittet, ihr diesen Roman mitzubringen, so wirft Henry James damit ein weiteres kritisch-ironisches Schlaglicht auf diese Figur, denn sie möchte einen Roman lesen, in dem ihre eigene repressive gesellschaftliche Haltung offen beschrieben und rundheraus verdammt wird. Literaturwissenschaftler haben darauf hingewiesen, dass ›Paule Méré‹ von Cherbuliez eine der literarischen Quellen für Henry James' Geschichte um Daisy Miller ist. In beiden Texten beginnt die Handlung an einem kleinen Schweizer Ort und endet in Italien, und beide haben einen jungen reichen Müßiggänger zum Helden, der die rigorose Genfer Lebensart teils repräsentiert, teils ablehnt und seine Zuneigung für ein junges Mädchen, das nicht »dazugehört«, nur halbherzig gegen eine Verwandte verteidigt.

Seite 53: *bei dem amerikanischen Bankhaus*
Reisende haben zu dieser Zeit im Ausland ihre Geldgeschäfte und andere Angelegenheiten wie postlagernde Briefe meistens über ein Bankhaus als zentrale Anlaufstelle abgewickelt, das auch die Adresse des Reisenden in der jeweiligen Stadt vorliegen hatte. In Murrays Handbuch für Romreisende von 1875 heißt es, dass Messrs Macquay, Hooker und Co. an der Piazza di Spagna 20 zu dieser Zeit die meisten solcher Geschäfte der Amerikaner in Rom abwickelten (John Murray: Handbook of Rome and Its Environs, 12. Aufl., London 1875, S. 23).

Seite 55: *Via Gregoriana*
Die Via Gregoriana ist eine der repräsentativsten Straßen Roms und beginnt an der Kirche Trinità dei Monti an der Spanischen Treppe.

Seite 58: *so ein Kind, wie Hannibal*
Der Legende nach soll der berühmte karthagische Feldherr Hannibal (247/246 v. Chr.–183 v. Chr.), der 218 v. Chr. mit einem Heer aus 50.000 Fußsoldaten, 9.000 Reitern und 37 Kriegselefanten über die Alpen nach Italien gezogen ist, um die Vorherrschaft des Römischen Reiches einzudämmen, Rom schon als Kind ewige Feindschaft geschworen haben.

Seite 62: *Pincio*
Der Monte Pincio ist ein Hügel im Stadtgebiet von Rom, der zwar nicht zu den klassischen sieben Hügeln gehört, auf denen die Stadt erbaut wurde, aber für seine schönen Gärten berühmt ist, die unmittelbar an die Parkanlagen der Villa Borghese grenzen. Die Giardini del Pincio, die es schon zur Zeit des Altertums gab, wurden von 1810–1818 von dem italienischen Architekten Giuseppe Valadier neu angelegt und danach zur ersten öffentlich zugänglichen Grünanlage der Stadt Rom. Die Gärten sind über die Spanische Treppe oder die Piazza del Popolo zu erreichen und die Aussichtsterrasse Piazzale Napoleone I. bietet einen Panoramablick über Rom.

Seite 68: *Zeilenschinder*
Eine abfällige Bezeichnung für Journalisten, vor allem bei Tageszeitungen, die als freie Mitarbeiter nach der Anzahl der abgelieferten Zeilen bezahlt werden und deshalb oftmals dazu tendieren, zu weit auszuholen.

Seite 68: *amoroso*
Ital.: Verehrer, Liebhaber.

Seite 71: *Viktoria*
Die Viktoria ist eine leichte elegante Kutsche französischen Stils mit vier Rädern, zwei Sitzplätzen, erhöhtem, abnehmbarem

Kutschbock und einem Verdeck, das heruntergeklappt werden kann. Wenn der Kutschbock entfernt ist, kann die Kutsche selbst gefahren werden. Besonders beliebt war sie bei den Damen für Ausfahrten in Parks bei schönem Wetter, weil in dieser recht offenen Kutsche die Kleidung sehr schön zur Geltung kam.

Seite 76: *Villa Borghese*
Die Villa Borghese ist heute ein großer öffentlicher Park mit einem berühmten Kunstmuseum in Rom, der an die Gärten auf dem Monte Pincio anschließt. Ursprünglich im Besitz der Fürsten Borghese, diente die Villa der Familie als Sommerpalast, nachdem Kardinal Scipione Cafarelli-Borghese das Anwesen 1605 gekauft und damit begonnen hatte, es in eine weitläufige Parkanlage mit Gärten, Stallungen, einem Tiergarten und Wasserspielen zu verwandeln. Schon seit dem 17. Jh. ist die Villa Borghese auch wegen ihrer großartigen Kunstsammlung (Galleria Borghese) berühmt, die u. a. in dem von 1613–1616 erbauten Casino ausgestellt wird. Im 19. Jh. wurde der gesamte Park im naturalistischen englischen Stil neu gestaltet, und seit seiner Übernahme durch die Stadt Rom 1901 gilt die Villa Borghese als eine der beliebtesten Parkanlagen bei Römern und Touristen gleichermaßen.

Seite 80: *Elle s'affiche, la malheureuse*
Frz.: Sie führt sich skandalös auf, die Unglückliche.

Seite 88: *Corso*
Die Via del Corso, kurz Corso, ist eine der bekanntesten Straßen Roms mit vielen Geschäften und Cafés und verbindet die Piazza del Popolo mit der Piazza Venezia.

Seite 89: *deren bildhafte Vergleiche*
Mrs Costello spricht hier in einem Atemzug vom Herumtollen, dem Goldenen Zeitalter und Vulgarität, was als Metapher nicht

stimmig ist, da das Goldene Zeitalter als Blütezeit der Kultur und Kultiviertheit gilt und mit Vulgarität eben gerade nicht in Verbindung gebracht wird. Henry James weist am Beispiel von Winterbournes Tante, dem Inbegriff der repressiven Gesellschaft, gern explizit darauf hin, wie diese Gesellschaft sich ohne Rücksicht auf Realitäten die Feindbilder, die sie zur Stabilisierung und damit letztlich zum Machterhalt braucht, selbst schafft.

Seite 90: *cavaliere avvocato*
Ital., hier: ein geachteter Rechtsanwalt.

Seite 90: *marchese*
Ital.: Graf, Markgraf; entspricht dem frz. Marquis.

Seite 90: *qui se passe ses fantaisies*
Frz.: die sich ihren Launen hingibt; die macht, was sie will.

Seite 91: *Pilaster*
Pilaster sind flache, in den Mauerverbund eingearbeitete und mit Sockel, Basis und Kapitel versehene Wandpfeiler, die zur Gliederung von Wandflächen, zum Tragen des Gebälks und zur Wandverstärkung dienen und vor allem in Bauten der Antike, der Renaissance, des Barock und des Klassizismus Verwendung fanden.

Seite 91: *Vespergottesdienst*
Die Vesper ist das liturgische Abendgebet im Christentum. Es stammt aus der in den Mönchsorden gepflegten Tradition der Stundengebete und hat sich als Bezeichnung für den Abendgottesdienst eingebürgert.

Seite 91: *Palazzo Doria*
Der Palazzo Doria-Pamphilj ist einer der Stadtpaläste Roms und liegt zwischen Via del Corso, Via della Gatta und Via del Plebisci-

to. Ursprünglich im Besitz der Familie Della Rovere, kam er 1647 durch Heirat an die Familie Pamphilj und 1671 an die aus Genua stammende Familie Doria, die ihn zum größten bewohnten Palast in Rom ausbaute. Er ist heute noch die Residenz der Familie Doria und beherbergt eine wertvolle Privatsammlung von Gemälden und Kunstgegenständen (Galleria Doria-Pamphilj), die für die Öffentlichkeit zugänglich ist.

Seite 91: *Velázquez/Innozenz X.*
Diego Rodríguez de Silva y Velázquez (1599–1660) ist ein spanischer Maler des Barock und der bedeutendste Porträtist seiner Zeit. Am Hof des spanischen Königs Philipp IV. hat er viele Angehörige der königlichen Familie porträtiert und 1650 auf einer Italienreise auch Papst Innozenz X. (1574–1655; Papst von 1644–1655). Das Gemälde, das als eins der besten Papstporträts überhaupt gilt, zeigt Innozenz X. nicht als frommen gütigen Kirchenvater, sondern als kalten illusionslosen Machtpolitiker und gehört noch heute zur Sammlung der Galleria Doria-Pamphilj (im Palazzo Doria-Pamphilj). Henry James hat es 1869 zum ersten Mal gesehen und nennt es in einem Brief ein »wirklich großartiges Gemälde«.

Seite 92: *du meilleur monde*
Frz.: der besten Gesellschaft.

Seite 94: *Kaiserpaläste*
Seit Augustus (63 v. Chr.–14 n. Chr.) residierten die römischen Kaiser in den Kaiserpalästen auf dem Palatin, einem der berühmten sieben Hügel Roms. Die erhaltenen Ruinen dieser Paläste lassen die einstige Prachtentfaltung jedoch nur noch erahnen, als besonders sehenswert gelten die Reste des Palastes von Domitian (51–96) mit Regierungs- und Repräsentationsbauten (domus flavia) sowie Wohngebäuden (domus augustana).

Seite 96: *Ladestock*
Ein Ladestock ist ein ursprünglich hölzerner Stock, mit dessen Hilfe Vorderladerwaffen geladen wurden; zuerst wurde Schwarzpulver in den Gewehrlauf gegeben und dann mit dem Ladestock zur Abdämmung ein Filz in den Lauf gepresst. 1730 wurde in Preußen der eiserne Ladestock eingeführt, der ein schnelleres, exerziermäßiges Laden ermöglichte, aber auch als Züchtigungsinstrument beim Spießrutenlaufen verwendet wurde, was ihn zu einem Sinnbild für drakonische Strenge und Disziplin machte.

Seite 98: *Caelius-Hügel*
Der Caelius-Hügel, oder ital. Monte Celio, ist einer der berühmten sieben Hügel (Aventin, Caelius, Esquilin, Kapitol, Palatin, Quirinal, Viminal), auf denen die Stadt Rom erbaut wurde. Es sind kaum noch Bauten aus dem Altertum vorhanden auf dem Monte Celio, einzig die Caracalla-Thermen sind sehenswert.

Seite 98: *Konstantinsbogen*
Der Konstantinsbogen ist ein dreitoriger Triumphbogen in Rom, der zu Ehren von Kaiser Konstantins (270/288–337) Sieg in der Schlacht bei der Milvischen Brücke (312) über seinen Gegner Maxentius errichtet wurde. Der Konstantinsbogen steht in unmittelbarer Nähe des Kolosseums und überspannt die Via Triumphalis, die sich kurz darauf mit der Via Sacra verbindet, ein Weg, den traditionell alle Triumphatoren einschlugen, wenn sie vom Circus Maximus aus den Palatin umrundeten, um über die Via Sacra und das Forum Romanum zum Kapitol zu gelangen.

Seite 98: *Forum*
Das Forum Romanum war mit seinen öffentlichen Gebäuden, Versammlungshallen und Sakralbauten Mittelpunkt des politischen, wirtschaftlichen, kulturellen und religiösen Lebens im alten Rom. Zwischen den drei Hügeln Esquilin, Kapitol und

Palatin gelegen, erlebte es seinen bedeutendsten und prunkvollsten Höhepunkt in der römischen Kaiserzeit seit Augustus (63 v. Chr.–14 n. Chr.). Es ist bis heute eine der bedeutendsten Ausgrabungsstätten des antiken Rom.

Seite 98: *Kolosseum*
Das Kolosseum in Rom, das in den Jahren 72–80 unter den Kaisern Vespasian (9–79) und Titus (39–81) erbaut wurde, ist das größte Amphitheater des Altertums. Der viergeschossige, elliptisch angelegte Bau war ursprünglich 57 Meter hoch und fasste auf Steh- und Sitzplätzen mehr als 50.000 Zuschauer. Die heute offen daliegenden 6 Meter tiefen Unterbauten enthielten Gewölbe für Personal, Tierkäfige und Maschinerien, die während der Gladiatorenkämpfe und Seeschlachten gebraucht wurden. Auch Folterungen und Hinrichtungen, u. a. von Christen, gehörten zu den Volksvergnügen im Kolosseum.

Seite 98: *die berühmten Verse aus Byrons ›Manfred‹*
›Manfred‹ (1816/17) ist ein dramatisches Gedicht des englischen Lyrikers Lord Byron (eigentlich George Gordon Byron, 6. Baron Byron, 1788–1824), das als eines der wichtigsten Werke der Romantik und Schauerliteratur gilt und die an das Faust-Motiv erinnernden Gewissensqualen und Zerrissenheiten des tragischen Byronschen Helden zum Thema hat. Winterbourne tut hier das, was zu dieser Zeit wahrscheinlich viele englische Romreisende taten, denn in Murrays Handbuch (John Murray: Handbook of Rome and Its Environs, 12. Aufl., London 1875, S. 59) sind die vom Protagonisten Manfred gesprochenen Verse des Gedichts, die sich auf das Kolosseum beziehen, zitiert (Akt III, Szene 4; hier in der zeitgenössischen Übersetzung von Joseph Emmanuel Hilscher):

»Es mahnt mich jetzt, wie ich in meiner Jugend,
Als ich ein Pilger war, in solcher Nacht

Im Kolosseum weilte, mitten unter
Den größten Resten des allmächt'gen Roms.
[...]
Und du, hinwandelnd, sahst auf alles dies,
Und warfst, oh Mond! dein volles, sanftes Licht,
Das mild hinwegschmolz die ergraute Strenge
Rauer Verödung, und aufs neue täuschend
Die Klüfte füllte der Jahrhunderte,
Schön lassend Immerschönes und verschönend
Das, was nicht schön war, bis zum Heiligtum
Die Stätte ward und Herzen überflossen
Von stiller Andacht vor der alten Größe,
Wo Herrscher selbst im Tod bezeptert noch
Aus Urnen uns regieren. –«

Seite 99: *weiße Tauben*
Im Christentum gilt die weiße Taube als Symbol des Friedens (eine weiße Taube bringt Noah einen Ölzweig als Zeichen für das Ende der Sintflut) und als Symbol des Heiligen Geistes (bei Jesu Taufe im Jordan tut sich der Himmel auf und der Geist Gottes kommt wie eine weiße Taube auf ihn herab). Henry James dürfte hier jedoch eher auf die antike Symbolik anspielen, wo die Taube für Sanftmut, Einfalt und Unschuld stand, da man nach der Säftelehre glaubte, sie hätte keine Galle und wäre frei von allem Bösen und Bitteren. Außerdem galt die Taube als ein Symbol der Liebe und Treue, weil sie den antiken Liebesgöttinnen Aphrodite und Venus zugeordnet war. Starb ein geliebter Partner, so wurde ihm als Zeichen für Liebe und Treue über den Tod hinaus eine tönerne Taube mit ins Grab gegeben.

Seite 101: *am Perniziösen Fieber sterben*
Das Perniziöse Fieber galt lange als eine Infektion mit einem noch unbekannten Malariaparasiten; doch schon 1918 schreiben

Tropenmediziner in einer Studie, dass dieses Fieber eins der Symptome der bekannten Malariaformen sein kann: »Einen ›Perniziosaparasiten‹ in dem Sinne, als ob durch ihn immer perniziöse Fieber hervorgerufen würden, gibt es nicht.« (Albrecht Eduard Bernhard Nocht, Martin Mayer: Die Malaria. Eine Einführung in ihre Klinik, Parasitologie und Bekämpfung. Berlin 1918, S. 9). Murray zitiert in seinem Handbuch für Romreisende einen berühmten italienischen Arzt: »Das römische Fieber ist nichts anderes als Malaria oder das gewöhnliche Wechselfieber, das in allen Marschgebieten im gemäßigten und südlichen Europa vorkommt. In Rom nimmt dieses Fieber manchmal jedoch, wenn auch nur in seltenen Fällen, einen bösartigen Charakter an, dann *Febbre Perniciosa* [ital.: Perniziöses Fieber] genannt, und verläuft, wenn es nicht behandelt wird oder nur von kurzer Dauer ist, mit sehr großer Wahrscheinlichkeit tödlich.« (John Murray: Handbook of Rome and Its Environs, 12. Aufl., London 1875, S. 347)

Seite 106: *auf dem kleinen Protestantischen Friedhof*
Der Protestantische Friedhof (ital. cimitero acattolico) ist einer der bekanntesten Friedhöfe in Rom und liegt im Schatten der Cestius-Pyramide (das pyramidenförmige Grabmal des römischen Volkstribuns Gaius Cestius Epulo) sowie zum Teil an der Aurelianischen Mauer im Viertel Testaccio auf einem schönen, leicht abschüssigen Gelände voll Zypressen und Pinien. Seit dem Aufkommen der Italiensehnsucht im 18. Jh. kamen viele nichtkatholische Ausländer nach Rom, vor allem Deutsche und Engländer, die einen Großteil der hier seit 1821 offiziell Bestatteten ausmachen. Zu den berühmtesten Gräbern gehören die der englischen Dichter John Keats (1795–1821) und Percy Bysshe Shelley (1792–1822) sowie die von Wilhelm von Humboldts Söhnen Wilhelm (1794–1803) und Gustav (1806–1807) und das von Johann Wolfgang von Goethes Sohn August (1789–1830).

Seite 106: *Stadtmauer des kaiserlichen Rom*
Henry James benutzt hier eine Umschreibung und nicht den üblichen Namen dieser römischen Stadtmauer: Aurelianische Mauer. Es ist die bedeutendste Stadtmauer Roms, die unter den Kaisern Aurelian (270–275) und Probus (276–282) gebaut wurde und ursprünglich 19 Kilometer lang, 6 Meter hoch und etwa 3,5 Meter tief war.

Seite 107: *Aprilmargeriten*
Auf Englisch heißt die Margerite (Leucanthemum vulgare) *daisy (oxeye daisy),* eine Anspielung, die durch die Übersetzung leider verloren geht.